後悔していると言われても……

ねえ？　今さらですよ？

ドルチアーノ
いつも女性に囲まれている第三王子。
ヴィクトリアが婚約者候補から外れて
嬉しいはずだが……？
ヴィクトリア
本作の主人公。
公爵家令嬢で、厳しい教育を受けた
王子妃候補だったが、
十七歳の誕生日に辞退する。
CHARACTERS

リアム
ヴィクトリアの二番目の兄。
学園卒業後は騎士となる。
妹のためならなんでもする。
ルイス
ヴィクトリアの一番目の兄。
王太子の側近で公爵家嫡男。
妹を溺愛している。
マーガレット
ヴィクトリアを敵視する女生徒。
お姫様気質でわがまま。
アレクシス
王子妃候補を辞退したヴィクトリアに
求婚してきた人物。

プロローグ

はあ、この学院に入学してから半年。半年間も毎日同じ光景を見るんだもの、もう見飽きたわね。

窓から見える先にはたくさんの女の子に囲まれて楽しそうに笑っている、この国カサンドリア王国の第三王子であるドルチアーノ殿下。

彼には婚約者候補が私を含め七人いる。今、彼に侍っているのは私を除いた五人だ。

もう一人は来年入学してくる予定だ。

予定ではドルチアーノ殿下が学院を卒業するまでに、候補者の中から一人が選ばれることになっているが、私が選ばれることは絶対にないと言われている。

それも当然だ。彼が私を嫌っていることはこの国の貴族なら誰もが知っている。

窓越しに彼と目が合った。また私を睨んでいる……

私の何が気に入らないのか、初めて会った時からこれだ。

それも今日限りね。

ふふっ。『さようなら』と声には出さずに窓越しにお別れの言葉を呟いて背を向けた。

ちなみに私は初対面で挨拶して以来ドルチアーノ殿下と話したことは一度もない。

この学院に入学して半年になるし、婚約者候補にあがって十年も経ったにも関わらずだ。

ドルチアーノ殿下とは初対面の時から最悪だった。

当時七歳だった私が、王宮で開かれるお茶会に両親と十一歳のルイス兄様と九歳のリアム兄様と五人で参加した時だ。

初めての王宮、初めてのお茶会で緊張しながらも両親と兄たちに続いて笑顔で挨拶したのだが……

『ふん！　お前公爵令嬢のくせにデブでブスだな。嫁のもらい手もないだろうな！』

私を馬鹿にしたその言葉を言われた瞬間に両親と兄たちが殺気立ったのが分かったが、私は笑顔を貼り付けて何事も無かったようにその場を後にして、兄たちにテーブルに用意されていたお菓子を食べさせてもらった。

さすが王宮で出されるお菓子は美味だった。もちろんそんなことで受けた屈辱を忘れることはなく、私の中でドルチアーノ殿下は敵と認定した。

(泣かす！　絶対にいつかお前を泣かす！　覚えていろよ！)

私を除いた家族がほくそ笑んでいたことは知らなかったが……

ドルチアーノ殿下の隣で国王と王妃、第一王子と第二王子が真っ青になっていたが、そんなことは知ったことではない。いくら顔が良くても許せないものは許せない。

そんなことがあったにも関わらず一週間後には何故か私が婚約者候補にあがった……

この国で宰相を務めるお父様が何度断っても覆ることがなく、成立した婚約者候補だったのだ。

だがお父様は条件を出した。

私の十七歳の誕生日までの十年間でドルチアーノ殿下と私が、少しでも尊重し合える関係すら結べなかった場合は婚約者候補からの辞退を認めるいうものだ。

それから王子妃教育は受けたが、それは他の候補と一緒に受ける王城でのものではなく、我がディハルト公爵家に教師を派遣してもらい私だけに行われた。レベルの高い学業も、礼儀作法も、身に付けといて損はないと思ったし、学ぶことは苦にならなかった。

そして、学院に入学するまでドルチアーノ殿下と会うことは一度もなかった……

それどころか、毎年私が義務でドルチアーノ殿下の誕生日にプレゼントを送ってもお礼の返事すらなく、私への誕生日プレゼントのお返しもなく、手紙すら貰ったことはない。

公爵令嬢として、王子の婚約者候補として培った立ち振る舞いは世間や学院では〝淑女の鑑〟〝誰にでも優しく公平な令嬢〟と言われているそうだが……

だが！　私だって嫌いな奴は嫌いだし、許せない奴もいる。

それがドルチアーノ、お前だ！

そんな私も今日で十七歳だ。この日を何度指折り数えたか……

朝一でお父様がいい笑顔で王宮に出勤して行った。今頃は手続きも終わっているだろう。

婚約者候補の肩書きが無くなると思うと、解放感が半端ないわ〜。

今日は我がディハルト公爵家では私の誕生日と解放記念を祝してパーティーが開かれる。

もちろん身内だけでだが……明日から残り二年半の学院生活を楽しむわ。

あばよ！　ドルチアーノ殿下！

第一章　前世と過去と現在

私には前世の記憶がある。が、それだけだ。前世の小説やゲームによくある異世界転生ってやつだが、私は悪役令嬢でもなければヒロインでもない。

それどころか、ここは小説やゲームの世界でもない。と、思う……

この国カサンドリア王国の第三王子ドルチアーノ殿下の婚約者候補にあがった時には、断罪ものの世界かと焦ったが、十七歳で婚約者候補を辞退出来るならば悪役令嬢になることも無く、真っ当に生きていれば断罪されることもないと気が付いた。

まあ、最初から嫌われていたし、私も奴が気に食わなかったから、婚約者候補を辞退出来てホッとしている。

あの十七歳の誕生日パーティーは身内だけとはいえ盛り上がった。私を溺愛するお父様もお母様もお兄様たちも、婚約者候補を辞退出来たことを一緒に喜んでくれた。

私が候補を辞退したことはまだ学院で知っている者は殆どいないだろう。

お父様やお兄様たちは黙っていれば、私への婚約の申し込みがこないからこのままでいいと言っているが、本当にそれでいいのか？

公爵令嬢だよ？　教育は受けているんだよ？

私はドルチアーノ殿下以外なら我が家の為なら政略結婚も受け入れるよ？

「ヴィクトリアはずっとお父様と一緒にいようね」

お父様……

「そうだよ私が面倒見るから嫁に行かずにここにいればいいんだよ」

ルイス兄様……

「僕もヴィーとずっと一緒にいたいな」

リアム兄様……

「この三人のことは気にしなくていいのよ？　ヴィーに好きな人が出来たらその人と幸せになれば」

お母様……

「私は……お父様やお兄様たちとずっと一緒にいたいです」

ルイス兄様が抱きしめてくれて、リアム兄様は頭を撫でてくれた。

「「ヴィー！」」

お父様は涙目だ……

お母様は呆れているようだけれど仕方ないよね？

だってこんなにも大事にしてくれているんだよ？

生まれた時から前世の記憶があった。

生まれた時はぼんやりとしか見えなかったけれど、金色と銀色は何となく分かった。それに声だけは聞こえていて『僕の娘は世界一可愛い』と言っているのは父親で、『僕がお兄様だよ可愛いヴィー』これは兄、『ヴィー?』舌っ足らずなこれも兄? 抱いてくれているのは母親?

毎日何度も優しく声をかけてくれた。

目が見えはじめた時は驚いた。

お父様は銀髪にエメラルドのような緑の瞳、お母様は金髪にサファイアのような青い瞳。

お兄様二人は銀髪にお母様と同じ瞳の色。顔は二人ともお父様とよく似ていた。

で、この四人に共通するのは、とんでもない美形だと言うこと。

まだ手足をバタバタと動かすことしか出来ない私は期待した。

これだけ美形の両親と兄たちが可愛いと褒めてくれるのだから、私は相当な美少女だと鏡を見るのを楽しみにしていた。

そして、ハイハイが出来るようになると真っ直ぐに鏡を目指した。

そこにはすっごく可愛い赤ちゃんが映っていた。

マジ? これが私?

お父様や兄たちと同じ銀髪に、お母様と兄たちと同じサファイアのようにキラキラしたブルーの瞳。顔は可憐で儚げなお母様似。

このまま成長すれば将来安泰じゃん! そりゃあ両親も兄たちもメロメロになるよ!

異世界転生バンザイ! 神様ありがとう! 私幸せになります!

一瞬、悪役令嬢やざまぁされる小説や乙女ゲームが頭を過《よぎ》ったが、前世日本人で普通に社会人として過ごした記憶のある私が、傲慢で我儘な典型的な悪役令嬢になるはずもなく、優しい家族に囲まれ甘えん坊になってしまった自覚はあるがすくすくと育った。

離乳食が始まると、私に食べさせるのはお父様か上のお兄様。

この世界の食べ物が美味しくて素直に口を開けて何でもパクパクと食べた。

だって美味しいのもあるが、私が口を開けるとお父様もお兄様も喜ぶんだもの。

三歳になる頃には下のお兄様も食べさせてくれるようになった。

なんにせよよく食べた自覚はあるが、毎日鏡を見るから自分が太っていることに全く気づかなかったんだ。

だって、お父様やお兄様たちが顔を見れば『可愛い可愛い』と絶賛してくれるものだから、変な自信がついていたのもある。

それにお父様も上のお兄様も軽く抱き上げてくれるからね。

だから初めてのお茶会でドルチアーノ殿下に『デブ、ブス』と言われてショックを受けてしまったのだ。周りを見渡せば同じ年頃の令嬢たちにクスクスと笑われていた。

オカシイ、美少女だったはずなのに……

私の自信は砕け散った……

それからはお父様やお兄様たちに食べさせて貰うのはやめて、自分で食べるようになった。

もちろんマナー教育は五歳から受けていたから自分で食べることも出来た。

が、自分で食べようとするとお父様やお兄様たちが悲しそうな顔をするんだよね。

でも、このまま甘えると更に太ることは目に見えていた。

後に、私が太るほど食べさせていたのは、私を奪われることを心配したお父様と上のお兄様の作戦だったことが分かった。

人並みの食事量にし、朝昼晩の三食プラス三時のおやつだけにすれば、何もしなくても服がブカブカになるのは早かった。

五歳から始まっていた貴族の教育は、褒められると調子に乗る前世からの性格もあり、礼儀作法は上達していった。

学業も柔らかい脳みそのおかげかどんどん吸収し、十歳にしてお兄様たちに追いついた。

それどころか、前世の記憶のある私は理数系に関しては家庭教師よりも上だったと思う。

『打倒ドルチアーノ殿下!!』を掲げる私は頑張った。

カサンドリア王国には頂点に王族、順に公爵、侯爵、伯爵、子爵、男爵と爵位があり、我がディハルト家は公爵家。

あの王宮でのお茶会から自信をなくし、王都の邸と我が領地以外の外出はせず引きこもっていたが、十五歳になるとお母様の命令で少しずつお茶会に参加し、他の貴族家とも交流を持つようになった。その中でも友人と呼べる令嬢も何人か出来た。

学院の入学式では、入学前の試験結果から新入生代表に選ばれ挨拶をし、在校生代表の第二王子にもその時に挨拶はさせてもらった。

今の学院には第二王子と第三王子が通っている。第二王子は三学年、あの第三王子ドルチアーノ殿下は二学年にいる。

貴族の子息子女は学院に通うことは義務付けられているが、他にも優秀な平民が通っている。

『学院内では皆平等』と謳われていても、爵位を笠にきて横暴な貴族の子息子女は意外と多いのも仕方の無いことだと思う。

だってみんなお坊ちゃま、お嬢様として育てられているからね。私は元日本人で差別の少ない世界の記憶があるから一部の人たちを除いて偏見なく付き合えるんだけどね。

その一部の人間が、ドルチアーノ殿下とその婚約者候補の令嬢たちだ。

うん、仲良くする必要なんてないよね？

だって私が入学してからドルチアーノ殿下が睨んでくるようになったんだ。

会うのだって約十年ぶりだよ？　あと半年もしない間に候補から外れるんだよ？

うん、やっぱり仲良くする必要はないよね。

そして奴と交流も無ければ、会話もあるはずも無く、無事婚約者候補から外れたのだ。

第二王子のジョシュア殿下とは学院内で会えば挨拶ぐらいはする。

彼にも婚約者候補はいるが、ドルチアーノ殿下ほど令嬢たちを侍らせている姿は見たことがない。

王族特有の黒髪に金色の瞳は王子三兄弟とも同じだが、第二王子は柔らかいお顔のイケメンで、第三王子もイケメンかもしれないが私には魅力的には見えない。

だってこの歳で女を侍らせているんだよ？

将来あんなのと一緒になったら浮気され放題じゃん！

元日本人の私には夫を共有するなんて受け入れられない！

浮気する奴は絶対に嫌だ！　あ〜本当によかった。辞退出来て！

辞退してから数ヶ月。私の視界に奴が映ることはなくなった。

だって気にならないんだもん！　だから存在すら忘れていた。

この日も、私が入学してからの友達とリアム兄様の友人も含めて日課になっているランチタイム中だった。美味しい食事に楽しい会話はいつものこと。

「……おい！」

「おい！」

ん？

「おい！」

誰かを呼んでいる声が聞こえた。友人たちも気づいたようで私の後ろを見ている。

リアム兄様だけは珍しく怒った顔をしているが……何だと振り向けば奴がいた。

「お前耳が悪いのか！　お前俺の誕生日プレゼントはどうした？」

…………………

うん、私以外の誰かに話しかけているようだ。私は姿勢を戻して食事を続けた。

「おい！　お前だ！　いい加減にしろよ！」

そう言って私の肩に触れようとしたが、そこはリアム兄様がすぐに払い除けてくれたが……

「……何故付き合いもない貴方に赤の他人の私がプレゼントをしなければならないのですか？」

少し食堂内がザワついたような気がする。

「はあ？　お前は俺の婚約者候補だろうが！」

「いいえ違いますよ？　私は辞退しましたから」

「嘘を言うな！」

「本当ですよ。帰ったら確認して下さい」

「分かれば僕の可愛い妹に二度と話しかけないで下さいね」

普段は優しいリアム兄様が絶対零度の目を奴に向けると、黙って立ち去って行った。

「ヴィクトリア嬢、辞退の話は本当かい？」

リアム兄様の友人の言葉に私の友人も頷いている。

「もう何ヶ月も前に辞退したのよ？　みんな知らなかったの？」

何度も頷く友人たちは本当に知らなかったようだ。

さっきよりも騒がしくなった食堂に甲高い声が響いた。

「まあ！　ディハルト嬢が辞退なさるなんて、余程自信がありませんでしたのね」

「あれだけ睨まれて無視されていれば自信なんて持てませんわよ」

「そうですわね。いつも貴女が可哀想でわたくし同情していましたのよ」

なんだ？　黙って聞いていれば、次々好き勝手なことを言われているようだ。

でも言い返すのも面倒臭いんだよね。どうしよっかな。

「僕のヴィーが辞退したのは本当だよ。それは王家も認めているんだ。だから君たちはヴィーのこ

とは気にせず切磋琢磨してただ一人の婚約者になれるよう頑張ってね」

さすがリアム兄様！　角が立たないように上手くまとめてくれた。

それも誰もが見惚れる笑顔付きで！

「リアム兄様ありがとうございます。大好きです」

「僕もヴィーが大好きだよ」

そう言っていつものように頭を撫でてくれた。

今日の会話を聞いた生徒たちからその親に伝わり、身上書が山のように我が家に届いたことも、かたっぱしからお父様とお兄様たちが断ったことも随分あとになってから知った。

次の日には私が婚約者候補を辞退したことは噂になっていた。

でも私に言わせれば今さら？　なんだけど……だってもう何ヶ月も前に辞退したんだよ？

それよりも驚いたのはドルチアーノ殿下が辞退を知らなかったことよね。

国王様も王妃様も教えなかったのか？

十年ぶりに話しかけてきた理由が誕生日プレゼントが届かなかったからだなんて、バカにしてるよね？　私の誕生日にプレゼントを送ってきたこともないクセに！

季節の折には義務で手紙も送っていたのに返事は一度もなかった。ドルチアーノ殿下にとって『デブでブス』の見下せる私は、貢物を納めるだけのカモだったのでしょうね。

そのカモから毎年納められる貢物がなくてムカついたとか？

そんなの知るか！　赤の他人になった男に誰が貢ぐか！

「どうしましたの？　ヴィクトリア様」

「いつも笑顔のヴィクトリア嬢は今日は機嫌が悪いのかな？」

しまった！　今は恒例のランチタイム中だった。

「そんなことありませんわ。少し考えごとをしていましたの」

「ヴィーはそんな姿も可愛いね」

リアム兄様！　ここは共有スペースの食堂です！　恥ずかしいです！

……嬉しいけれど。

「ヴィーの午後からの授業はなんだい？」

「先生の都合で自習になりましたの」

「ヴィクトリア様！　では一年のわたくしたちは中々使用出来ないカフェのテラスでお茶をしませんか？」

「各テーブル毎に季節のお花に囲まれて、お部屋のように仕切られていると噂の？」

「そうです！　行ってみましょう？」

「はい！　行きましょう。楽しみです」

女の子四人だと恋バナとかになるのかな？　前世では社会人になってからは、会社と自宅の行き来しかなくて休日は寝て終わっていたような……

あ！　私って学生の頃はある程度の恋愛は経験したけれど、結婚も出産も経験ないわ！

だってブラックだったんだよ〜。

残業で家に帰れない日だってあったんだよ？

そんな日は机の横で寝袋に入って床に転がって寝てたよ？

そんな時は他の同僚も何人かいたね。……うん、過労死だ。間違いない。

まだ二十代だったのにな。

今世は真面目で優しく思いやりのある人と結婚しよう！

お互いを愛し、尊重しあえる夫婦。お父様とお母様のような夫婦になりたい！

だってお母様を見ていたら毎日が幸せそうなんだもの。

娘の私から見ても三人も子供がいるのに、それもルイス兄様なんて二十一歳だよ？　なのに今だにラブラブなのよ？

ルイス兄様もリアム兄様も絶対にお嫁さんも子供も大切にするんだろうな〜。

正直兄様たちのお嫁さんになる人が羨ましい。

私にそんな人が現れるなんてまだ想像も出来ないけれど、いつかは出会いたい……

愛し愛される人と……

それまでは大好きな家族と過ごしたい。

ランチを食べ終わり、リアム兄様たちと別れて噂のカフェテラスに行った。

凄い！　まるで花で出来た部屋！

もちろん天井はないけれど、真っ青な空が周りを囲む色鮮やかな花を引き立てている。

キツ過ぎない花の香りもいい！

外からはこちらの様子が見えないのもいい！

入学する前からの友達は、お母様に命令されて参加したお茶会で知り合い、性格も家格もバラバラだけれど本音で話せる貴重な子たち。

ふわふわの茶髪に水色の瞳のジュリアは小柄で可愛らしい令嬢。

性格も控え目で守ってあげたくなる。

真っ直ぐな赤い髪に黄色い瞳のアリスは背も高くて性格もサバサバした姉御的存在。

綺麗なお姉さんって感じ。

青い髪を高い位置でポニーテールにして黒い瞳のマーリンは落ち着いた見た目だけれど、私たちの中で一番の辛口。

カフェのメイドが茶菓子をセットして退室すると女子会の始まりだ。

「ヴィクトリア様が候補を辞退していたなんて知りませんでしたわ」

「それでも時間の問題だったと思うわよ」

「確かにあの方はヴィクトリア様を除いた候補の方にはデレデレしていましたものね」

「最初から私はあの方に嫌われていましたからね。それに候補者のままだと素敵な出会いを見逃すかもしれませんもの」

そう、奴の婚約者候補のままだと若い貴重な時間を無駄にすることになるんだよね。

どこで出会いがあるかも分からないもの。

「あの～ヴィクトリア様の理想の男性をお聞きしても？」

と、ジュリア様。

「そんなの決まっているわよ」

と、アリス様。

「ええ、ルイス様とリアム様、それに公爵様でしょ？」

と、マーリン様。

「それは分かっていますわ！　世の女性の憧れの方たちですもの。わたくしが聞きたいのは性格というか、態度というか、見た目だとか……」

「ん～そうね。女を侍らすような浮気性の人は嫌いね。あと横暴な人。それと……意味無く睨む人」

「それって、そのままあの方みたいですわね」

「ええ、初対面の時から最悪でしたわ」

私はハッキリと言葉に出した。

「それに……私だけを見てくれる人がいいわ」

ドルチアーノ殿下視点

俺が八歳の頃だ。王宮で開かれたお茶会で、子供の僕から見ても見目麗しい家族の中で一人だけ太っている令嬢がいた。

『ドル気をつけろよ？　甘やかされて育った令嬢は我儘で傲慢になるパターンが多い。そんな相手を選ぶと将来困るのはお前だからな、慎重に相手を見極めろよ』

お茶会の前に三歳年上の一番上の兄に助言された。

会場内では両親に連れられ着飾った令嬢たちが順番に僕に挨拶に来てくれた。

どの子も普通に可愛いと思った。

なのにディハルト公爵家の令嬢は真ん丸な顔で太っていた。

きっと末っ子だから甘やかされて育ったんだ。

兄上が言っていたのはこんな令嬢を選ぶなってことだと思った。

だから兄上の言葉遣いを真似て『ふん！　お前公爵令嬢のくせにデブでブスだな。嫁のもらい手もないだろうな！』なんてことを、僕の婚約者になりたい等と言いださないようワザとキツい口調で言った。

茶会の後、父上と母上に呼び出され盛大に叱られた。

僕にアドバイスをした兄上も余計なことを言うなと怒られていた。

それから少しして、何人かの令嬢が僕の婚約者候補にあがった。

その中には彼女も含まれていた。

僕だって王子教育を受けている。政略結婚の意味だって分かっている。

ディハルト公爵家の令嬢と婚姻するのが、国の為になることも理解している。

なのに僕は彼女のことを何も知らないまま、外見だけで判断し酷い言葉を投げてしまった。

あんな酷いことを言った僕を、彼女も彼女の家族も許してくれないと思った。

だから、たとえ候補者だとしても彼女を選ぶつもりはなかった。

なのに僕の誕生日が来る度に毎年プレゼントが届くし、年に何度か手紙も送られてくる。

大勢の前であんなに酷いことを言ったのに、僕の婚約者になりたくて媚びていると思ったら気持ち悪くてプレゼントを開けることも、手紙を読むことも出来ず、こっそり処分してもらっていた。

それに僕からお返しをして勘違いされるのも嫌だったから彼女の誕生日も無視した。

今思えば最低だった。

そして僕が二学年に上がった時に彼女が入学してきた。

新入生代表で彼女の名前が呼ばれ壇上に立った人物はデブでもブスでもなく、目を奪われる程の美しい令嬢だった。

一瞬別人かとも思ったが、ディハルト公爵やその息子たちと同じ銀髪で、幼い頃の面影も残っていた。

今の学院に僕の婚約者候補のうち六人が揃った。残りの一人は来年入学してくる。

いつも僕の周りを彼女を除いた五人が囲んでいる。

馴れ馴れしくベタベタと触られ、キツい香水の匂い、媚びるような目、僕のいない所では傲慢に振る舞っている姿を何度も見かけた。

それでも僕から注意をすることはしなかった。

昔は可愛く見えた令嬢たちだったが……それでも笑顔で紳士的に対応していた。

何《いず》れはこの中から選ぶことになるのだからと……

たまに見かける彼女は、いつも笑っていた。美しい所作はさすがは公爵家の令嬢だと思った。

なのに、傲慢に振る舞うこともなく、友人に囲まれ、困っている人には声をかけ、平民にも態度を変えることもない素晴らしい令嬢だった。

本当に僕は見る目がなかった。

それどころか見た目だけで判断してしまったんだ。

彼女が見目が良くなったからって目で追うなんて最低だ。

食堂で彼女が和気藹々《わきあいあい》と友人たちと楽しそうに過ごす姿は周りからの羨望を集め、子息からは恋慕の眼差しで見つめられている。

彼女が僕を拒絶していることは、入学してから一度も僕に挨拶にも来ないのが証拠だ。

当然だ。初対面で勝手に我儘だと決めつけてあんな言葉を吐いたのだから……

気づいたら彼女の姿を捜し、見つけると目で追っていた。

たまに目が合うと、それまで笑顔だった彼女から表情がなくなる。

……完璧に嫌われている。

「まあ、ディハルト嬢ですわね」

「殿下、そんなに睨むほど嫌わなくても……」

「殿下がディハルト嬢を嫌っているのは学院の全生徒が知っていますものね」

周りの令嬢がそんなことを勝手に言っているが、睨んでいるつもりはない。

目が合った瞬間に緊張で体が強ばるだけだ。

僕が嫌っているんじゃない。

彼女が僕を嫌っているんだ。

いや……彼女にとって僕など眼中に無いのだろう……

ズキリと胸が痛むのは気のせいだ。

それから暫くして、いくら僕が目で追いかけても彼女と目が合うことがなくなった……

まるで彼女には僕が見えていないようだった。

その理由が分かったのは、彼女の目に僕が映ることがなくなってから数ケ月後のことだった……

僕は自分が嫌になる。

あれ程彼女から届くプレゼントも手紙も気味悪がって見もしなかったのに……

お礼も返事も送らなかったのに……大体彼女の誕生日すら知ろうとしなかった……

本当に僕は最低だ。

彼女が僕の婚約者候補になって初めて、今年の僕の誕生日にプレゼントが届かなかった。

貰って当たり前……僕はいつからこんな傲慢な人間になっていたんだろう？

それでも理由が知りたくて初めて僕から彼女に声をかけた。

『……おい！』

ダメだ！

なんでこんな口調になるんだ！

『おい！』

聞こえてないのかな？

『おい！』

ダメだ。キツい口調になっている。

彼女以外は聞こえているのだろう、僕の顔をみんな見ているからな。

リアム殿は珍しく怒った顔をしているが……

振り向いた彼女はやはり美しい。

『お前俺の誕生日プレゼントはどうした？』

キョトンとした顔も可愛いと思う。

なのに、また僕に背を向けて何事も無かったかのように食事を再開させている。

『おい！　お前だ！　いい加減にしろよ！』

つい彼女の肩に触れようとしたが、その前にリアム殿にすぐに払い除けられた……

『……何故付き合いもない貴方に赤の他人の私がプレゼントをしなければならないのですか？』

え？　他人？　君は僕の婚約者候補だろう？

『はあ？　お前は俺の婚約者候補だろうが！』

まただ、普段の口調が出来ない。

『いいえ違いますよ？　私は辞退しましたから』

そんなこと誰からも聞いてない！

『嘘を言うな！』

なんでだ？　なんで僕の胸はこんなに痛いのだろう？

『本当ですよ。帰ったら確認して下さい』

う、嘘だ……

『分かれば僕の可愛い妹に二度と話しかけないで下さいね』

リアム殿まで彼女の言葉を認めた。

彼女はもう僕の婚約者候補じゃないのか？

鈍器で頭を殴られたような気がした。

そして頭が真っ白になった……

僕は午後からの授業を受けたのだろうか？

どうやって帰ってきたんだ？

気づいたら王宮の自室にいた。

彼女の言ったことは本当だった。

彼女が十七歳を迎えるまでに、僕と少しでもお互いに尊重し合える関係が築けなければ辞退出来ると、父上とディハルト公爵との間で約束があったようだ。

そんな約束は知らない……知らなかったんだ……

ふっ……今さらだな。

僕は彼女を選ぶつもりはなかっただろ？

他の候補の令嬢にはプレゼントのお礼もお返しもしていた、ちょくちょく来る手紙にも無難な手紙を返していた。僕が彼女だけを拒絶していたんだ……それが返ってきただけだ。

十年、十年間も彼女は僕のこんな仕打ちに耐えてきたんだ。

どうせならもっと早く解放してあげたらよかった……

初めから彼女を選ぶつもりなんかなかったのだから……

「ドルも馬鹿だよね」

気付けば兄上たちが僕の座っているソファの対面に座っていた。

「今日の食堂での一件見ていたよ」

「兄上たちは彼女が辞退したことを知っていたのですか？」

「もちろん知っていたさ」

「なぜ教えてくれなかったのですか？」

「知っていたら何か変わっていたのか？　あの子が辞退してから知ってもどうにもならないだろ？　今さらだ」

「ディハルト嬢が私の婚約者候補だったなら、例え幼い頃見た目が悪くても彼女を大切にしていたよ？　あのディハルト公爵家の娘なんだよ？　素敵な令嬢に育つに決まっているだろう？」

……今ならそれが分かる。

「まあ彼女の辞退が認められたお陰で、ルイスが俺の側近になってくれたから結果これでよかったんだよ」

ああ、兄上が何度頼んでもルイス殿は首を縦に振らないと嘆いていたな。

ルイス殿が兄上の側近になることを決めたのは彼女の辞退が認められたからか……

リアム殿だけでなくルイス殿にも僕は嫌われていたんだな。

そりゃあそうだろ。彼女が家族から溺愛されているという噂が僕の耳にも届いていたんだから。

そんな彼らの大切な妹を……僕は最低だな。

「まっ、諦めろ。お前にはまだ六人も婚約者候補がいるんだしな！」

「あと一年後にはドルもその六人の中から婚約者を選ばないとならないからね」

あの中から選ぶ？

実感がわかない。誰を選んでも同じ気がする。

これが政略結婚……

だから少しでも交流して為人《ひととなり》を見極めなければならなかったのに……

僕がしていたのは本当に交流だったのか？

ただいい顔していただけなのではないのか？

僕が愚かだったことも、人を見る目がなかったことも分かってしまった。

もう優柔不断なことはやめよう。愛想笑いをするのもやめよう。

将来を共にする相手ならせめてお互いが尊重しあえ、穏やかに過ごせる人を選ぼう。

そのうち愛という感情が芽生えることを祈って……

次の日には彼女が僕の婚約者候補を辞退したことが学院中で噂になっていた。

もう面倒だ。このまま授業を欠席しようか。

どうせなら一人になれる場所がいい。

空き教室に行こうか？　天気がいいから温室にでも行こうか？　カフェのテラスでもいいな。

あそこなら外から見られることもないし一人になれる。

結局僕が向かったのはカフェのテラスだった。

昨日あまり眠れなかったのもあり、春の日差しが差し込むここはポカポカと暖かくて落ち着く。

植木で仕切られた隣のテラスから聞こえる声で目を覚ました。

どうやら寝てしまっていたようだ。

『ヴィクトリア様が候補を辞退していたなんて知りませんでしたわ』

…………

『それでも時間の問題だったと思うわよ』

ここでも噂話か。

『確かにあの方はヴィクトリア様を除いた候補の方にはデレデレしていましたものね』

……もう今日は帰ろう。

音を立てないように席を立とうとした時だった。

『最初から私はあの方に嫌われていましたからね。それに候補者のままだと素敵な出会いを見逃すかもしれませんもの』

もしかして彼女が隣のテラスにいるのか？

『あの～ヴィクトリア様の理想の男性をお聞きしても？』

今さら彼女の好きなタイプを聞いてもな……

『そんなの決まっているわよ』

うん、聞かなくても分かるよ。

『ええ、ルイス様とリアム様、それに公爵様でしょ？』

うんうん僕もそう思う。

『それは分かっていますわ！　世の女性の憧れの方たちですもの。わたくしが聞きたいのは性格というか、態度というか、見た目だとか……』

それは聞いてみたい。

『ん～そうね。女を侍らすような浮気性の人は嫌いね。あと横暴な人。それと……意味無く睨む人』

……………聞かなければよかった。確かに彼女に対しては横暴だった。

でも僕は浮気性ではない！

それに睨んでもいない！

『それって、そのままあの方みたいですわね』

やっぱり周りからはそう見えるんだ……

『ええ、初対面の時から最悪でしたわ』

そうだろうね。もう好きに言ってくれ。

すべて僕が悪い。

何を言われても怒らないよ。

『それに……私だけを見てくれる人がいいわ』

男も女も関係なく普通はそうだよね。

……最悪だ。

僕は今まで何をやっていたんだよ。

もう消えてしまいたい。

いや、令嬢たちの貴重な意見が聞けたんだ、これを参考にして直すべきところは素直に直せばいいんだ。

もう、彼女との縁は切れてしまったんだから……

第二章　終わりと新たな出会い

私の噂話も聞かなくなった頃、リアム兄様たち三年生の卒業式が行われた。

これから登下校も、ランチタイムもリアム兄様とご一緒出来なくなると思うとすごく寂しい……

邸で毎日会えるといってもこればかりは気持ちの問題なのだ。

私も二学年に上がれば後輩も入ってくる。

それは少し楽しみだけれど、その前に春休みがある。

その間に王城ではトライガス王国からの使者の方を歓迎するパーティーが開かれるそうだ。

実はそのパーティーに私も参加することになったんだよね。お父様とルイス兄様から『ヴィーを誰にも見せたくないけれど、夜会に参加しなければならなくなってしまった』と、泣きそうな顔でそう言われたら断れないよ。

この国では十七歳になると成人と認められて、夜会にも参加出来るようになる。

それに婚姻も認められている。

そしてパーティーに参加するならドレスがいる。

で、誰が私に一番似合うドレスを作れるかで、お父様、ルイス兄様、リアム兄様の三人が競い合っているんだよね。

真剣にデザインを考えてくれている姿を見て、大切にされていると実感する。

少し照れくさいけどね。

で、選ばれたのはお母様が用意してくれていたドレス……

着られれば何でもいいと思っていたけれど、あれは無いわ～。

だって三人とも露出が少ないドレスだったのはまだいい。ただ生地は分厚く、ダボッとしていて身体のラインが分からないドレスを、示し合わせたように用意していたんだよね。

あれじゃあマタニティドレスか何処かの民族衣装にしか見えないよ……

そんな理由でお母様から却下され、今の私は光沢のある絹の青い生地に銀糸で繊細な刺繍のされたドレスを身にまとい、普段はしない化粧を施され自分で言うのもなんだが、とても似合っていると思う。

エントランスで待っていたお父様とお兄様二人は私の姿を見てスゴく褒めてくれたけれど、絶対に一人にならないと約束させられた。

海外のお客様も参加するパーティーで危険などないと思うんだけどな。

でもここは素直に頷いておこう。

初めての夜会とはいえ緊張をしないのは、きっとルイス兄様やリアム兄様が側にいてくれるから。

二人のお兄様に挟まれてお父様とお母様の後に続いて入場した。

ホールに入った瞬間目が開けられないほどの眩しさに目眩がした。

目が開いた先には凄いとしか言えない光景が。

前世でもこんな煌《きら》びやかな光景は見たことがない。

ヤバイ急に緊張してきた。さっきまで平気だったのに手足が震える。

「大丈夫だよ」

「僕たちがそばにいるから安心して」

左手はルイス兄様、右手はリアム兄様がギュッと握って優しく微笑んでくれた。

それだけで落ち着いた。

「はい！」

そうだよ、緊張する必要などなかったよね。

私にはこんなに頼りになるお兄様たちがいるんだから。

「ルイス兄様、リアム兄様大好きです！」

「「ヴィーが可愛い！」」

それからはお父様とお母様と一緒に挨拶回りをしたけれど、婚約者のいない私たち兄妹に自分の娘さんや息子さんを薦めてくる貴族がとても多くて驚いた。

ルイス兄様は次期ディハルト公爵家当主だし、リアム兄様は一人娘だったお母様の実家バトロア侯爵家を継ぐし、二人とも頭脳明晰で、眉目秀麗、さらに優しくて超優良物件だもんね、そりゃあ狙われるよ。

「我が家は恋愛結婚を推奨していますから、本人に任せているんです」

お父様もお母様も同じ言葉で何度も相手に断っていた。

この国の女性の結婚適齢期は十七歳から二十四歳と早過ぎず、遅過ぎず。

十七歳になって半年ほどの私は別に焦ってもいないし、最悪本当に嫁ぎ先がなければディハルト公爵家でお世話になるつもりだ。

お母様は家格など気にせず好きな人のところにお嫁にいけばいいと言ってくれる。

おや？　音楽が変わったと思ったら王族の登場のようだ。

皆が頭を下げて臣下の礼をとる。

……あれが我が国の国王と王妃様。

国王様はダンディで威厳もあり男前だ。

王妃様は小柄で華奢なのに貫禄もある美女。あれで三人の男の子の母親なんだ。

続いて王太子のアンドリュー殿下。国王によく似ている。

第二王子のジョシュア殿下。王妃様似だったのね。

最後にドルチアーノ殿下。彼も父親似ね。

三人の王子に共通するのは黒髪に金色の瞳。それも国王様と同じ。そしてイケメンだということ。

「ヴィー、後で王太子殿下に軽く挨拶に行こうか。挨拶だけでいいからね。何も話さなくていいよ」

「ルイス兄様も一緒に居てくれる？」

「勿論だよ。ヴィーを一人にしないから安心して」

「じゃあ挨拶だけなら……」

「僕も隣にいるからね」

リアム兄様が頭を撫でてくれた。

次はトライガス王国からの使者の方々の入場だ。

「スカーレット・トライガス王女殿下のご入場～」

紹介者の声がホールに響く……

海外からの使者に王女様が含まれていたの？

赤い髪に赤い瞳。白い肌に知性のある瞳、スッキリとした鼻梁、真っ赤な口紅もよく似合っている。そして魅惑的なスタイル。王女様のような方を絶世の美女って言うのね。

王女様から目が離せなくて、続く使者の方の紹介は耳には入ってこなかった。

国王様と王女様との挨拶が終わり、国王様の開始の言葉でパーティーが始まった。

ホールの中央ではダンスを踊るお父様とお母様も見える。

「ヴィー、私と踊ってくれるかい？」

ルイス兄様が跪《ひざまず》いて手を差し出してくる。その顔はイタズラっ子のよう。

私は手と自然と兄様の手に乗せていた。

「ヴィー、次は僕だからね」

「はい！　行ってきます」

リアム兄様に送り出され、ルイス兄様と中央のダンスの輪に入って行く。

「ヴィーの初めてのダンスの相手が私で嬉しいよ」

「私もです！　緊張してますが頑張りますね」

いつもルイス兄様とリアム兄様が練習に付き合ってくれていたから思いのほか、すぐに緊張もほぐれ楽しく踊れた。

ルイス兄様はキリリとしたお顔が崩れっぱなしだったし、甘いお顔のリアム兄様は優しく微笑みながらだったから、周りの令嬢からの黄色い悲鳴があちこちから聞こえた。

兄様たちが騒がれるのも納得だ。

こんな素敵な二人が私の兄なのよ！

変な優越感に浸りながらダンスを二曲踊りきった。

それから疲れただろうと言って、ホールに用意された壁際のソファに座らせてくれた。

突然ルイス兄様がチッと舌打ちした。

珍しいなとルイス兄様が見ている方に視線を向けると、アンドリュー王太子殿下、ジョシュア殿下、ドルチアーノ殿下がこっちに向かって来ていた。

「おい！　ルイス！　お前の妹がこんなに可愛いなんて聞いてないぞ！」

チッ！

私が挨拶しようと立ち上がろうとするのを止めたルイス兄様からまた舌打ちが……

「言いましたよ？　私の妹は世界一可愛いとね」

兄様！そんなことを外で言ってるの！　やめて！　恥ずかしいよ～！

「ディハルト嬢、卒業式以来だね」

「そうですね」

ジョシュア殿下は相変わらずマイペースだ。

隣では王太子殿下とルイス兄様がまだ言い争っている……不敬罪とかにならないのかな？

「それにしてもディハルト兄妹が三人揃うと圧巻だね」

なにが圧巻なんだろう？　それに、ドルチアーノ殿下は何しに来たんだろう？

何も言わず、ジョシュア殿下の後ろで以前同様ずっと私を睨んでるんだけど……そんなに私が嫌いか？

……もう赤の他人だし放っておこう。

リアム兄様とジョシュア殿下も何やら話し込んでるし、暇だな～なんて思っていたらホールが騒がしくなった。背の高い男たちが私を囲んで会話しているから、ホールで何があったのか気になっても全然見えない。それに私座ったままだしね。

「お久しぶりです殿下方」

誰かが挨拶に来たの？

「「アレクシス！」」

アレクシス様って方ね。

「ルイス殿とリアム殿もお久しぶりです」

みんなアレクシス様の知り合いなんだ。

「いつ帰ってきたんだ？」

「たった今ですよ」

声しか聞こえないけれど、低音ボイスが耳に心地いいわね。

「もう一年留学期間があったはずだろ？」

「はい、ですが彼女が婚約者候補を辞退したと聞きましたので、帰ってきました」

ん？

「お前まだ諦めていなかったのか？」

ルイス兄様が呆れたように言った。

「はい、何年経とうと俺が諦めることはありません」

目の前のジョシュア殿下とリアム兄様が横にズレると、薄い水色の腰まである真っ直ぐな長い髪を一つに纏め、切れ長でアイスブルーの瞳の冷たい印象のスッゴイ美形がいた。

その彼が視線を下に向けると私と目が合った。それだけでドキッと胸が高鳴った。

彼は驚いた顔をしたあと、突然私の前で跪《ひざまず》いて手を握ってきた。

「アレクシス・ハイアーと申します。この十年間ヴィクトリア嬢のことを思わない日は一日もありませんでした。ドルチアーノ殿下の婚約者候補を辞退したと聞いて、居ても立っても居られず留学先から帰ってきてしまいました」

「は、はい」

な、な、な、何が始まったの？

「生涯貴方を守り、命ある限り貴方だけを愛すると誓います。どうか俺と、いえ私と結婚して下さい」

プ・プ・プ・プロポーズですと!!

こ、こんなの前世でも経験したことないよ！

ど、ど、ど、どうしたらいいの？

こ、ここはあれよね？

あのセリフを私も使う時が来たのね！

「……お、お友達からなら……」

「「ヴィー!!」」

お兄様たちの焦る声が！

あれ？　私なにか間違えた？

でも、しっかりと私の手を握っている冷たい印象の彼が、真っ赤になって一生懸命思いを伝えてくれたんだよ？

それも十年間も私を思ってくれていたって言ったんだよ？

それだけで彼の好感度が私の中で上がるのは当然でしょう？

でも……私……彼のことアレクシスって名前しか知らないんだよね。

それから兄様二人に抱えられるようにしてその場を後にした。

振り向くと「あ、明日挨拶に伺います」と、まだ赤い顔のアレクシス様がそう言うので、兄様たちにバレないようにこっそりと小さく手を振った。

冷たい印象の彼の照れた顔も可愛いと思ってしまったんだよね。

その横でドルチアーノ殿下が固まっている姿なんて目にも入らなかった。

帰りの馬車の中で兄様たちが何やら騒いでいたけれど、あまり頭には入ってこなかった。

お父様とお母様も急いで帰ってきて、兄様たちに説明を求めていた。

私たちが会場を去ったあと、ホールは大騒ぎになったらしい。

そして分かったことは彼の名前。

ハイアー侯爵家の嫡男アレクシス・ハイアー。十八歳。私よりも一歳年上。

二年前からトライガス王国に留学していたこと。

ハイアー様の明日の訪問が気に入らないお父様と兄様たちは、何かしら理由をつけて私と彼が会うことを阻止しようと相談するも、お母様の『あの方よりも何倍もマンでしょう？　十年間一度も会わずとも一途にヴィーを思っていた彼は、わたくしに言わせれば優良物件です！　ヴィーの幸せも考えてあげなさい！』という言葉で、撃沈……

それでも納得のいかないルイス兄様は同席すると言い張り、二人の邪魔をするなとお母様の鉄拳を受けていた……（ルイス兄様、明日も仕事があるでしょう）

お母様強し……

その夜はドキドキして眠れる気がしなかった。

だって初めての告白だよ？

あんなにカッコイイ人からだよ？

キャーーー嬉し恥ずかしでベッドの上でゴロゴロしちゃう。

ハァハァハァ……冷静になろう。

第一印象は確かに良かった！　だけど、彼の性格を知るのも大事よね。

……真っ直ぐ見つめられて目を逸らすことも出来なかった……

もうOKでいいんじゃない？

いやいや、早すぎる決断は失敗のもとよ！

でも、あんなに真剣な目で熱烈な告白されて断れる人いる？

あの最低男と比べたら、間違いなくハイアー様の方がいいよね？　彼なら……いいかも？

待て待て待て！　落ち着け！　深呼吸だ。

こんな状態で明日ちゃんと話せるのかしら？


しっかり眠れた……私って自分が思っているよりも図太いのね。

朝食の席でもお父様とルイス兄様がグダグダ言ってる……

「大丈夫ですよ。僕が同席しますから、父上と兄上は安心して仕事に行って下さい」

「「リアム頼んだぞ！」」

もう！　そこまで心配しなくてもいいのに。

お父様とルイス兄様が王宮に出勤後、ハイアー様から先触れが届いた。

昼過ぎに挨拶に伺うって！

「お母様、こんな時はどんな服を着ればいいのでしょうか？」

「いつも通りでいいわよ」

それってワンピースよね？　じゃあ化粧もいらないよね？

気合い入れ過ぎるよりも、いつもの私を見てもらった方がいいよね？

春らしくライトグリーンのワンピースに、髪はハーフアップで同じ色のリボンを結んでもらった。

鏡で確認しても、うん、いつもの私だ。

昼食を食べ終わりひと息ついたところに、ハイアー様の到着を知らされた。

ドキドキしながらハイアー様が通された応接室に向かうと、既にリアム兄様も中で待っていた。

昨日は腰まであった髪が短くなっている！

長髪も似合っていたけれど、私個人としては短髪の方が好きだからこっちの方がいいかな。

私が部屋に入ると焦ったようにハイアー様が立ち上がろうとして、ガッと何かをぶつけたような音がした。

慌てて脛《すね》でもぶつけたのかな？　見た目冷たそうに見えてもやっぱり可愛いところがあるよね？

そんなハイアー様のおかげで緊張がとけたようだ。

「お待たせ致しました。ご機嫌ようハイアー様」

「い、いえ待たされていません……ヴィクトリア嬢は今日も妖精のように可愛いですね」

は？　ようせいとは？　陽性？　まさか妖精？

ほんのりと頬を染めて真剣な顔でそんな言葉を言ったハイアー様の目は、真っ直ぐに私を見つめてくる。彼のそんな眼差しに胸がドキドキする。

「落ち着けアレクシス。ヴィーは僕の隣に座ってね」

「はい、リアム兄様」

「す、すみません」

「ところで何でアレクシスがヴィーをヴィクトリア嬢って呼ぶの？」

「俺、いえ私は出会った時から心の中でずっとそう呼んでいましたから……ダメですか？　ヴィクトリア嬢」

「ふふふっいいえ、大丈夫ですよ」

つい笑ってしまう。冷たい雰囲気の彼が叱られた小犬のような顔をして聞いてくるんだもの。

「ありがとうございます！　ヴィクトリア嬢。お、私のことはアレクシスとお呼び下さい」

「はい、アレクシス様」

なんか良いな、アレクシス様。

「二人とも僕の存在を忘れないでね」

「……まだ居たんですねリアム殿」

「随分親しそうですが、リアム兄様とアレクシス様はお知り合いだったのですか？」

「……昔から知っているよ」

「はい、ヴィクトリア嬢に会いたくてルイス殿とリアム殿に会う度に会わせて欲しいとお願いしていました」

え？　そんなこと知らないわ！　リアム兄様を見ると目を逸らされた。

「仕方ないよね？　ヴィーは第三王子の婚約者候補に上がっていたんだから、他の男を近づけるワケにはいかなかったんだよ」

それもそうなんだけど、一言教えて欲しかったな。

「十年待ちましたが、候補を辞退されたことでこうしてヴィクトリア嬢に会えることが出来て嬉しいです」

見た目のイメージよりも素直で可愛いよね！

「……ヴィーの前だと君、普段と全然態度が違うね」

「何を言っているんですか？　当たり前ではありませんか。ヴィクトリア嬢は私の唯一無二の方ですよ？」

当然のようにアレクシス様は言っているけれど、そんな直球で言われると恥ずかしくて自然と顔が火照ってくる。

はぁとリアム兄様は大きな溜め息を吐いて席を立った。

「二人で話したいこともあるだろ？　ゆっくり庭園でも散歩しておいで」

そう言って部屋から出て行った。

「アレクシス様、我が家の庭園を案内しますわ」

私は普段から兄様たちのエスコートに慣れているけれど、アレクシス様がぎこちなく差し出した手は、女性のエスコートに慣れていなさそうなところも好感が持てた。

アレクシス視点

トライガス王国に留学させられていた俺の元に、母上から手紙が届いた。

手紙には俺の妖精が第三王子の婚約者候補の辞退を申し込み、それが承認されたと書かれていた。すぐにでも帰国しようとしたが、手紙の最後に卒業資格を得るまでは帰国は許さないと書かれていた。そこからは寝る間も惜しんで勉学に励み、残り一年半ある在学期間を一年短縮し見事卒業資格を得た。

これで国に帰れる。

次こそは出遅れたりしない。必ず妖精を振り向かせてみせる。俺が八歳の時に王宮で開かれたお茶会で見つけた妖精が、あの生意気な王子からやっと解放された……

あの日母上に無理やり参加させられ、近づいてくる令嬢を無視し続け不機嫌なままテーブルに座っていると会場内が騒がしくなった。

皆の視線の先には兄弟だろう二人に手を繋がれニコニコしている可愛らしい少女がいた。

背中には羽が見えたから本物の妖精だと思った（あとから母上にあれはリボンだと教えられた）

あんまりにも幸せそうな笑顔に心が奪われ、目が離せなくなっていた。

妖精は家族と一緒に王族に挨拶に行き、小鳥のような可愛い声で挨拶したにもかかわらず、第三王子は『ふん！　お前公爵令嬢のくせにデブでブスだな。嫁のもらい手もないだろうな！』と酷い言葉を投げかけていた。

妖精になんて酷いことを！

俺が席を立とうとすると母上に『今は我慢しなさい』と止められた。

そのあと何事も無かったように俺の隣のテーブルに着き、兄弟たちが差し出すお菓子をパクパクと幸せそうに食べる姿があまりにも可愛くて見惚れた。

妖精が席を立ち帰ろうとしているのを見て慌てて声をかけようとしたけれど、話すことを考えていなかった俺は「あっ」と一声発しただけで呼び止めることも出来なかった。

なのに、妖精は振り向いて俺に小さく手を振ってくれたんだ。〝またね〟って言われた気がしてまたすぐに会えると思っていたんだ。

次に妖精に会えるまでに十年もかかるとはその時の俺は思いもしなかった。

『ディハルト公爵家が大切にしていると噂のヴィクトリア嬢は、本当に可愛らしい子だったわね。頑張りなさいよアレクシス』

ヴィクトリア嬢……

母上はくすくす笑いながら俺を揶揄《からか》うが、俺はヴィクトリア嬢を誰にも渡したくなくて母上に婚約の申し込みを頼んだ。

だが、婚約の申し込みには当主のサインが必要で、領地に視察に行っている父上が帰ってくるのは二週間後だった。

まさかその間にヴィクトリア嬢があの第三王子の婚約者候補にあがるなんて思いもしなかった。

あんな酷いことを言っていたくせに、俺から奪うのかと悔しくて憎くて……

父上が帰ってきても、申し込みすら出来ないことに駄々を捏《こ》ねて泣いた……

泣いて部屋に閉じこもった俺に『候補は七人いる。王子にあの子が選ばれなかった時に、お前があの子に選ばれるように今は学べ、鍛えろ、自分を磨け』と言われた。

その日から俺は次にヴィクトリア嬢に会えた時に恥ずかしくない自分になりたくて、勉学にも鍛錬にも力を入れた。礼儀作法は苦手だったが少しずつ身につけていった。

月に一回、王宮の騎士団の鍛錬場で希望する貴族の子息を練習に参加させてくれる制度があり、俺もそれに参加するようになった。

そこでルイス殿とリアム殿を見つけ、ヴィクトリア嬢に会わせて欲しいと会う度にお願いした。

だが、〝王子の婚約者候補だから他の男に会わす訳にはいかない〟と断られ続けた。

単純に溺愛する妹に男を会わせたくないだけだろう！　とは思ったが、それでも執拗《しつこ》く何度もお願いした。

それは俺が留学させられるまで毎月続いた。

父上にトライガス王国に留学させられたのは俺に見聞を広めさせることを理由にしていたが、きっとヴィクトリア嬢を諦めさせるつもりだったのだろう。

だがトライガス王国に留学したところで、俺の中からヴィクトリア嬢への気持ちが消えることはなかった。

あのいけ好かない男に嫁いでしまえば不幸になるのは目に見えている！

ヴィクトリア嬢の不幸な姿など想像もしたくない。

妖精は幸せになってこそ、あの可愛らしい笑顔になるんだ。

出来るなら俺がヴィクトリア嬢を笑顔にしたい……

そして、その笑顔を一番近くで見たい……そのチャンスがやっと俺に訪れたんだ……


留学先から戻ったその日、王宮ではトライガス王国から訪問してきている使者の歓迎パーティーがあるとかで、無理やり参加させられた。

王族に帰国の挨拶だけして帰ろうと会場を見渡すと、タイミングのいいことに王子三兄弟とルイス殿にリアム殿まで一緒にいた。

『お久しぶりです殿下方』

『『『アレクシス！』』』

『ルイス殿とリアム殿もお久しぶりです』

ルイス殿にすごく嫌そうな顔をされた。

『いつ帰ってきたんだ？』

『たった今ですよ』

『もう一年留学期間があったはずだろ？』

『はい、ですが彼女が婚約者候補を辞退したと聞きましたので、帰ってきました』

チラリとドルチアーノ殿下を見るが目も合わない。どこか一点を見ているようだった。

『お前まだ諦めていなかったのか？』

愚問だな。

『はい、何年経とうと俺が諦めることはありません』

その時、ジョシュア殿下とリアム殿が動いた先に、あれだけ会いたかったヴィクトリア嬢が大人の姿に成長して目の前に現れたんだ。

夢かと思った。あんなに会いたくて、会いたくて、会えなくても忘れることも出来なかったヴィクトリア嬢が、あの大きくて綺麗な目に俺を映している。

もうここしかないと思った。

気がつけばヴィクトリア嬢の前で跪《ひざまず》いて手を握っていた。

『アレクシス・ハイアーと申します。この十年間ヴィクトリア嬢のことを思わない日は一日もありませんでした。ドルチアーノ殿下の婚約者候補を辞退したと聞いて、居ても立っても居られず留学先から帰ってきてしまいました』

『は、はい』

ヴィクトリア嬢の笑った顔が見たい。

『生涯貴方を守り、命ある限り貴方だけを愛すると誓います。どうか俺と、いえ私と結婚して下さい』

あの時、何も話せなかった俺の口からはスラスラと言葉が出てくる。

『……お、お友達からなら……』

友達からでもいい！

俺のことを知って欲しい。ヴィクトリア嬢のことをたくさん知りたい。

もっと話したい。

もっと会いたい。

もっと近づきたい。

「おいおいアレクシス、こんな場所でプロポーズか？」

呆れたようにアンドリュー殿下に言われる。

「みんなから注目されていたよ」

ジョシュア殿下も呆れ顔だ。でも「誰が見ていようと関係ありません。俺はずっと、ずっと何年も彼女に会いたかったんです。彼女の笑った顔が見たかったんです」

この時になって会場がざわついていることに気づいたが、そんなことはどうでもよくて、明日になれば彼女にまた会えることの方が大事で、俺の後ろにいたドルチアーノ殿下の存在すらも忘れていた。

明日は俺に笑顔を見せてくれるだろうか？

帰ってから父上の執務室に呼ばれた。帰国して休む間もなくパーティーに参加させられて、結果を見ればヴィクトリア嬢に会えたからいいものの、もう休ませて欲しい。

明日は大切な約束があるんだから。

「お前は帰ってくるなり何をやっているんだ？」

「フリーになった彼女にプロポーズしました」

「はぁ、トライガス王国でいい娘はいなかったのか？」

「いい娘？　気になる女性のことですか？」

「それしかないだろう！」

「どこにもいませんでしたよ？　ヴィクトリア嬢はトライガス王国にはいませんでしたからね」

「……そんなにディハルト嬢がいいのか？」

「はい」

「……気持ちは変わらないんだな？」

「生涯変わることはありません！」

「分かった。ワシからもディハルト公爵に話してみるが期待はするなよ」

「お願いします！　でも明日ディハルト家に訪問すると伝えています」

「……もういい、さっさと寝ろ」

父上は部屋から去れというように手を振った。仕事が忙しいのか疲れているようだ。

二年ぶりの自室は出て行った時のままで、やっと帰ってきたと実感が湧いてきた。

目を瞑ればヴィクトリア嬢の驚いた顔、頬を染めた顔、困った顔が次々浮かんでくる。

まだ笑顔を見せてくれていないが、明日は見せてくれるだろうか？

やっと会えた……

長かった……

おやすみヴィクトリア嬢……

目が覚めたらもう昼前だった。

一瞬昨日のことが夢だったんじゃないかと慌てて飛び起きた。

ソファの上に昨日のパーティーで俺の着ていた衣装が脱ぎっぱなしで掛けてあるのを見て、現実だったんだと、この後会えるのだと嬉しくて顔がニヤついてしまう。

急いでメイドを呼んで髪を切ってもらった。

そのまま食堂に行く。この時間なら朝昼兼用だな。

食堂では母上がお茶を飲みながら俺を待っていた。

「おはようございます」

「おはようアレクシス。よく眠れた？」

「はい」

「髪を切ったのね」

「はい、願いが叶いましたから」

俺が妖精……ヴィクトリア嬢に初めて会った日から母上だけが俺の味方だった。

彼女がドルチアーノ殿下の婚約者候補に上がり、皆に諦めろと言われる中、母上だけが俺に無理して諦める必要はないと言ってくれていた。

「昨日あの後大騒ぎになったのよ」

俺もすぐに帰ったから後のことは知らない。

「帰ってくるなりディハルト嬢にプロポーズするなんてやるじゃない！」

「もう誰にも邪魔されたくなかったんです」

「アレクシスが留学中ね、ドルチアーノ殿下がディハルト嬢を嫌っているって噂があったのよ。だからディハルト嬢が選ばれることは絶対に無いと言われていたわ」

嫌っている？　バカなのか？　嫌いならとっとと彼女を解放すればよかったんだ。

「おかげで俺にもチャンスが巡ってきましたから感謝していますよ」

「頑張りなさい」

「はい、この後ディハルト公爵家を訪問すると先触れを出しています」

「それにしても以前見た時も可愛らしいお嬢さんだったけれど、美しい令嬢に育っていたわね。狙っている男は多いはずよ！　負けるんじゃないわよ！」

「誰にも負けません！」

この時のために誰よりも努力してきた。

俺がヴィクトリア嬢を幸せにしたいし、笑顔を引き出したい。

第三章　忠告と警戒

アレクシス様と庭園を横に並んで、というより手を握られたまま歩く。

横からの視線が痛い……

「あ、あの、髪をバッサリ切ったんですね」

「願いが叶いましたから」

「願い？」

「十年前に……ヴィクトリア嬢と会いたくても会えなくて……、次に会えるまで切らないと決めたんです。まさか十年かかるとは思いませんでしたが……」

ポリポリと頰を掻きながら苦笑いするアレクシス様の頰が、ほんのりピンクに染まっていて照れているのが分かる。

それよりも気になるのは昨日から何度も出てくる〝十年前〟という言葉。

「その、十年前とは？」

「あの王宮でのお茶会の時のことです」

ああ当時の私はデブでブスだったことを思い出す。

「ニコニコと笑っていたヴィクトリア嬢を見た時、本物の妖精かと思ったんです」

「よ、妖精？」

デブスの私を見て？

「そんな可愛らしい妖精に……あの方はあんな酷いことを言ったんです！」

いやいや、まったく気にしていなかったよ？

悲しむどころか、ヤツを泣かしてやる！　と笑顔で決意した時だよ？

外見は七歳でも中身は成人した元社会人だったからね、多少のことなら顔は笑って心は仕返しを企むぐらい屁でもなかったよ？

「それなのに、ヴィクトリア嬢は平気な顔をして兄上たちにお菓子を食べさせてもらって笑っていたんです。その笑顔が可愛くて惹かれたんです」

「え～と、その頃の私はデブでブスでしたよ？」

「いいえ！　あの時も今もヴィクトリア嬢は妖精のように可愛いです！」

そ、そんな真剣な顔で言われると……

でも嘘をついているようには見えない。

本当にそう思っていてくれたんだ……これはちょっと……いやかなり嬉しいよ。

「あ、ありがとうございます」

「!!　ありがとう！　俺は……ずっと、ずっとヴィクトリア嬢の笑顔が見たかったんだ」

私、笑顔になっていた？

そんなことよりアレクシス様の笑顔が素敵過ぎる！

昨日のプロポーズされた時よりもドキドキする。

胸が痛い……私、会ったばかりのこの人に惹かれている？

「…………」

「…………」

「ヴィー、ヴィクトリア嬢は新学期から二学年ですよね？」

「は、はい」

「俺、いえ私も三学年に編入するんですよ」

「ふふふっ、アレクシス様、〝俺〟でいいですよ？　いつも通りの言葉遣いで話してくれないと本当のアレクシス様のことを知れませんから」

！！！

「わ、分かった」

「はい！　飾らないアレクシス様の方がいいです」

「‼　お、俺もヴィーと呼んでもいいだろうか？」

「はい！」

「ヴィーにはアレクと呼んで欲しい」

やっぱりこの人の笑顔は素敵だ。

「明日も会いに来てもいいか？」

「はい！　私もアレクシス様、いえアレク様に会いたいと思います」

もっと彼を……、アレク様を知りたい。

その日から三日続けてアレク様は会いに来てくれた。

気さくに話せるようになるまでにそんなに時間はかからなかった。

まあ、お父様やお兄様たちは面白くなさそうだけど、頭から反対してはいなさそう。

アレク様と明日も会う約束をして、エントランスまで見送りに行くとルイス兄様が帰ってきた。

「ルイス兄様お帰りなさい」

「ただいまヴィー、……アレクシスまた来ていたのか」

「学院が始まるまで毎日ヴィーに会いに来るつもりです」

ルイス兄様、青筋を立ててる！

「明日はダメだ！　トライガス王国の王女が帰国する前にお前たちに話がしたいそうだ」

「え？　私とアレク様と話？」

「…………イヤです、ヴィーと過ごす時間が減る」

アレク様、ルイス兄様を睨まなくても……

「お前が行かなくてもヴィーは連れて行く！」

チッ！　アレク様って舌打ちが似合う！

それもどうなんだってことだけど。

「分かりました！　行きますよ！　ヴィー明日は一緒に行こう。俺が迎えに来る」

前半は投げやりにお兄様へ、後半は私を優しく誘ってくれたルイス兄様が歯ぎしりしているけれど、どうせ二人とも呼ばれているなら一緒に行った方がいいよね。

「はい、お待ちしております」

それにしても王女様が私たちに一体どんな話があるんだろう？

服装とかお母様に相談しよう。


次の日。

私は今、アイスブルーのドレスを着てアレク様の到着を待っている……

お母様が選んだドレスがこの色だったんだよ～。

私は違う色を選ぼうとしたけれど、無言の笑顔が怖くて変更出来なかったんだよ～。

アイスブルーって、アレク様の瞳の色だよ？

まるで私がアレク様の婚約者みたいで恥ずかしいんだけど！

私が脳内で恥ずかしくて暴れている間にアレク様が到着した。

「……ヴィー、その色……とても似合っている」

アレク様の声で正気に戻れた。

口もとを隠しながらも、真っ直ぐに私を見つめる目は、あのパーティーの日から変わらない。

彼の強い眼差しが私を好きだと常に言っている……

まだ彼と会うようになって日も浅いというのに……

この真っ直ぐな彼の気持ちから目を逸らしたらイケない気がする。

「二人とも見詰め合うのはそのくらいにしなさい。時間に遅れるわよ」

お母様の声で慌てて馬車に乗り込んだ。

「「……行ってきます」」


馬車に乗り込んで向かい合わせに座ると、アレク様を意識し過ぎて顔がまとめに見られない。

「ヴィーこっちを向いて」

「……今はちょっと無理」

「それは俺を意識してくれてるってこと？」

「そ、そうかも」

「ヴィー……嬉しいけれど、目を逸らすのは止めてくれ。俺をヴィーの瞳に映して欲しい。俺はヴィーとの時間を一秒たりとも無駄にしたくない。ヴィーのどんな表情も見落としたくない。だから俺は絶対にヴィーから目を離さない」

アレク様はこんなにも真っ直ぐに思いを伝えてくれる。

見た目は冷たく冷静に見えてもこんなにも情熱的。そんなアレク様に私は甘え過ぎていたのかも。

私も正直に今の気持ちを伝えよう。

「わ、私ね、パーティーの日からアレク様の真っ直ぐな気持ちが嬉しかったの……。毎日少しずつアレク様を知れることも嬉しい……」

もう俯かない。

私も彼に向き合おう。アレク様のように真っ直ぐに伝えよう。

煩くなる心臓は今は無視しよう。

「私はきっと貴方に惹かれている」

言えた。今の私の精一杯の気持ち伝わった？

見る見るアレク様の目が大きくなり、顔を大きな両手で覆い隠してしまった。

耳が赤いから、きっと顔も赤くなっているのよね？

悪戯心がムクムクと湧いてきた。ちょっと意地悪しようかな。

「私から目を離さないんでしょ？」

そう言うと顔を隠していた手が少しだけ下がって目だけを私に向けた。

「ヴィー卑怯だぞ。心の準備が出来ていなかっただけだからな」

恨めしそうな目を向けられても可愛いだけなんだけどな。

可笑しくなって笑っていると馬車が停止した。もう王宮に着いてしまったようだ。

残念。もう少しアレク様と二人でいたかったのにな。

御者がドアを開けてくれるとアレク様が先に降りて手を差し出してくれた、と思ったら引っ張られてアレク様の胸に飛び込む形になってしまった。

慌てて離れようとした時、私の耳元で「全力でヴィーの心を奪いにいくからな、覚悟しとけよ」なんて低音のいい声で言うものだから真っ赤になってしまった。

私のささやかな意地悪は何倍にもなって返ってきてしまった。

悔しくてう～と唸って睨んでも、彼は楽しそうに笑っている。

そのまま手を離さずエスコートしてくれるようだ。

「アレクシス、ヴィーから手を離してくれないか？　ここからは私がヴィーを王女様の所までエスコートする」

「ルイス兄様！　迎えに来てくれたのですね」

「それもあるけど、私も呼ばれているんだよ。それよりアレクシス、ヴィーから手を離せ」

「嫌です」

キッパリ言い切るアレク様はさっきよりもキツく手を握ってくる。

「お、おま、アレクシス！」

「ルイス兄様、遅れては失礼になりますからこのまま向かいましょう？」

ルイス兄様も遅れるのは困るらしく渋々王女様の待つ部屋まで案内してくれた。

会議室のような広い部屋の中には、アンドリュー王太子殿下、ジョシュア殿下、ドルチアーノ殿下の他にリアム兄様もいて、私とルイス兄様、アレク様を含めると七人。

殿下方に挨拶を済ませ、席に座るよう勧められる。けれど手を離さないアレク様とルイス兄様が私の隣に座ることを譲らないと言い張り、その攻防はアンドリュー殿下の「ルイスは俺の横だ」の一言で決着がついた。

そして、ドルチアーノ殿下は私たちがこの部屋に入った時からジョシュア殿下の隣のソファに座り、私とアレク様が座ったソファの対面でいつもの様に睨んでいた。

（ふん！　勝手に睨んでろ！　あのブラックな会社で揉まれてきた前世の私の精神は睨まれたぐらいでビビったりしないんだよ！）

取り敢えず、私とアレク様だけでスカーレット王女様の対応をしなくて済みそうで安心した。

私たちが座ってすぐ、王女様が部屋に入ってきた。

席を立ち挨拶しようとする私たちを手で制して座るように促された。

「ごめんなさいね。帰国する前に、どうしても話さないといけないことがありましたの」

王女様の話をまとめると、私と同じ学年に王女様の妹であるマーガレット第二王女が留学してくるらしい。

彼女はとても愛らしく儚い庇護欲をそそる見た目なのだそうだ。それを本人も理解していて、今までにも何度も婚約者のいる令息を落とし、婚約の破棄や解消の原因を作ってきたそうだ。

周りを味方につけるのも上手いマーガレット王女は、暴力は無いものの、暴言や陰口などを子息に吐かせるように誘導し、元婚約者の令嬢たちは傷つきマーガレット王女を恨んでいる人も多いそうだ。

（そりゃあそうだよ）

そうしてまで手に入れた相手も別れさせてしまえば満足し、すぐに飽きてまた他の婚約者のいる令息をターゲットにするそうだ。

（なんとも迷惑な……人のものを欲しがる人っているよね〜）

そして、この国に留学する理由も、トライガス王国の学院でアレクシスを気に入ったものの、まったく相手にされず話しかけても無視されているうちに、本気でアレクシスのことが好きになったからだそうだ。

（なるほど、それで留学してまで追い掛けてくるのか～）

アレクシスを手に入れる為なら学院で何かしら仕掛けてくるだろうと。

もしアレクシスに大切な人がいたら、奪う為にその女性に何を仕出かすか分からないそうだ。

（大切な人……私のことよね？）

「そんな問題のある王女をこの国に留学させるのか？」

アンドリュー殿下も機嫌が悪そうだ。

「ええ、この国でもマーガレットが問題を起こした場合、あの子を廃嫡し離宮の塔に幽閉すると王がやっと決めましたの。カサンドリア国王には許可をいただいております」

（でもな～……）

「そしてマーガレットを王女だからと敬う必要はありません。あの子を無視しても、厳しい言葉を使用しても構いません。遠慮は無用です。あの子が問題を起こせばすぐにご連絡を、迎えに参ります」

そう言いきったスカーレット王女だったが、寂しそうに「どうせあの子が問題を起こすのは分かっていますから……」と小さく呟いた。

（スカーレット王女も妹に何かされた？）

スカーレット王女が部屋から出て行くと、みんなの視線が私に集まった。

約一名は睨んでいたけどね！

最初に言葉を発したのはルイス兄様だ。

「アレクシス分かっているよな？　王女が狙っているのはお前だ。学院ではヴィーから離れていろよ」

「嫌です」

「ヴィーに何かあったらどうする？」

「俺が守ります」

「お前はヴィーと学年が違うだろうが！」

こんな時だけどルイス兄様って言葉遣いが悪かったのね。

いつも私には丁寧で優しい口調だから知らなかった。

私が傷つけられないかと心配してくれているのは分かるんだけれど……

「まだヴィーと再会して五日しか経っていないんです！　十年間ヴィーに会うことをずっと願ってきたんです！　ルイス殿はそれを知っているじゃないですか！」

アレク様が私の手をキツく握り締めてくる。

アレク様の十年間を思うと胸が痛い。

「……」

「ルイス、十年は長いよ。アレクシスの気持ちも分かってやれよ」

「……私だっていつも真剣なアレクシスを見ていて、十年の間に何度もヴィーと会わせてやりたいと思ったさ。俺もアレクシスを見てきたんだからな。だがヴィーは王子の婚約者候補だった」

…………

私に異性を近づかせるなんて出来なかったんだよね？

「ルイス兄様、私なら大丈夫ですよ。こう見えて私は図太いのですよ？　暴力がないなら負けません！　なんと言っても私はルイス兄様とリアム兄様の妹で、ディハルト公爵家の娘ですからね」

ボリュームは無いけれど笑顔で胸を張る。

「だから、私がアレク様と一緒にいることをお許し下さい」

「兄上、僕からもお願いします」

リアム兄様まで頭を下げてくれるなんて。

「……条件は出させてもらう。が、父上にも相談してからだ」

ドルチアーノ殿下視点

歓迎パーティーに王族の義務として参加した。

ホールで注目を集めながら踊る彼女を見つけた。

光沢のある絹のドレスはディハルト兄妹の瞳の色と同じサファイアブルー色で銀糸で刺繍されたドレスは彼女にとても似合っていた。

兄と楽しそうに踊る姿はまるで妖精のようで素直に可愛らしいと思った。

「あの令嬢がルイスの妹？　めちゃくちゃ可愛いじゃないか」

政略でありながら両想いの婚約者がいるくせに何を言っているんだよ。

『お！　休憩するようだぞ。ルイスの妹に挨拶してくるわ』

ジョシュア兄上もついて行くようだから僕も便乗した。近くで彼女を見たくなったのが本音だった。ついて行かなければよかった、と思ったのはそのすぐ後だった。

彼女を近くで見るのは三回目だ。

ほんのりと薄化粧をした彼女は、普段より少し大人びていて緊張してしまう。

こんなに近くにいても目も合わない。

ホールがザワついたかと思えば僕たちに挨拶をしてくる声が聞こえた。

『お久しぶりです殿下方』

幼い頃からの知り合いアレクシスだった。アレクシスは隣国に留学していると聞いていたけれど、帰ってきた理由が彼女が僕の婚約者候補を辞退したからだと言う。

アレクシスと彼女の視線が交わった瞬間、胸がズキッと痛んだ。

『この十年間ヴィクトリア嬢のことを思わない日は一日もありませんでした。ドルチアーノ殿下の婚約者候補を辞退したと聞いて、居ても立ってもいられず留学先から帰ってきてしまいました』

アレクシスはここが何処なのかも見えていないようで、彼女だけを真っ直ぐに見詰めていた。

アレクシスの言葉に彼女は焦っているようにも、照れているようにも見えた。

アレクシスが次に続けた言葉はプロポーズだった。

『生涯貴方を守り、命ある限り貴方だけを愛すると誓います。どうか俺と、いえ私と結婚して下さい』

僕にそんな資格なんてないのに、〝やめてくれ〟〝彼女を奪わないでくれ〟と心が叫んでいた。

『……お、お友達からなら……』

僕に何かを言う資格なんてない……

ただ黙って見ていることしか出来ない。

でもこの絶望感はなんなんだろう。

彼女はあの後すぐにルイス殿とリアム殿に抱えられるようにして帰って行った……

アレクシスも帰ってしまった。

『アイツがまだディハルト嬢を思っていたなんてな』

『アレクシスは真っ直ぐな性格ですからね』

兄上たちはアレクシスの気持ちをずっと前から知っていたんだ……

幼い頃からアレクシスのことは知っていた。真面目で無愛想な彼を、僕のように笑顔を振り撒いてもっと要領良くやればいいのに、不器用なヤツだな、綺麗な顔が台無しだ、なんて思っていた。

アレクシスに婚約の申し込みが殺到していることも聞こえていた。

好きな子がいるからと、すべて断っていることも。

その相手が彼女だったとは……

いつ出会ったのだろう？

いつ見初めたのだろう？

数日後トライガスの王女が帰国する前に話がしたいと呼ばれた。

その席にはディハルト兄妹とアレクシスもいた。

話を聞くと、第二王女が学院に留学しに来るとか……その理由がアレクシス目当てだとか……

マーガレット王女が自国でやらかした内容を聞けば、受け入れた父上に文句も言いたくなる。

そのアレクシスがディハルト嬢の傍にいれば、マーガレット王女に敵視されてしまう。

ルイス殿が大切な妹をアレクシスから遠ざけようとするのも分かる。

『まだヴィーと再会して五日しか経っていないんです！　十年間ヴィーに会うことをずっと願ってきたんです！』

アレクシスの悲痛な言葉に答えたのは彼女だった。

『ルイス兄様、私なら大丈夫ですよ。こう見えて私は図太いのですよ？　暴力がないなら負けません！　なんと言っても私はルイス兄様とリアム兄様の妹で、ディハルト公爵家の娘ですからね』

笑って自信満々な顔で……

『だから、私がアレク様と一緒にいることをお許し下さい』

たった五日で二人の距離が近くなっていたことは、二人がこの部屋に入ってきた時から気づいていた。

僕は十年もあったのに……会話したのは二回だけ。

それも、一方的に酷い言葉を投げかけただけだ。

ディハルト嬢の手を握ることをアレクシスは許されているんだな。

僕は彼女に触れたことなど一度もないのに……

ヴィクトリア視点

王宮からの帰りの馬車の中で、アレク様が留学中の話をしてくれた。

アレク様は騎士科に在籍しており、学院生活を淡々と送って、二年の中頃にある剣術大会で優勝してから、マーガレット王女から声をかけられることが多くなったそうだ。

ちょうどその頃にアレク様のお母様からの手紙で、私がドルチアーノ殿下の婚約者候補を辞退したことを知り、すぐに帰国しようとしたが父親から卒業資格を得るまでは帰国を認めてもらえず、一心不乱に勉学に励み予定より一年短縮して卒業資格を得て帰ってきたそうだ。

だから、マーガレット王女の声も存在も、耳にも目にも入らなかったと……見向きもされなかったことで興味を持たれたのかもしれないとのことだった。

「マーガレット王女が本当に俺を狙っていたとしても無駄なんだよ。俺にはヴィーがいるからな。それにヴィーから疑われる行動や態度を取りたくない」

本当にアレク様は気持ちを直球で伝えてくる。

「では……余所見《よそみ》しないで下さいね。私がヤキモチやいちゃいますから」

アレク様のアイスブルーの瞳が他の誰かを映すのが嫌だと思うのは……彼に惹かれているからだよね？　好感は持っているけれど、まだ恋する好きという気持ちまでは育ってない……

「え？……俺が余所見《よそみ》するとヴィーがヤキモチをやく？」

「そ、そりゃあそうですよ……私はどんな理由であれ、浮気する方は軽蔑しますし嫌いです。たとえ一度でも許しません！」

これだけは釘を刺しておかないと。だってアレク様本人は自覚がないようだけれど、整いすぎて冷たく見える綺麗な顔に、長身で鍛えられた身体は引き締まっていてスタイルもいい！

マーガレット王女でなくとも、アレク様に惹かれる令嬢は多いことだろう。

「絶対に俺は余所見《よそみ》なんてしないし、ヴィーに嫌われることもしない。俺の行動でヴィーに疑われるようなこともしないと誓う」

「もう少しだけ時間を下さい。真剣に考えていますから……」

……前世、大学時代に付き合ってた人に二股かけられていた。

しかも私の方が浮気だったと言われ、恋心は砕けプライドもズタズタにされた経験がある。

その時の元カレの相手は大学内外でも有名な美少女だった。上目遣いで男に甘えているところを何度か見かけたことがあった。いつも違う男だったからいい印象はなかった。

それに男を取っかえ引っかえしているという良くない噂のある子で、人の彼氏を盗るのが趣味だとも聞いていた子だった。

そんな子に騙された元カレに未練はなかったが、自分に自信が持てなくなった。

その後すぐに就職して、あまりの忙しさに元カレを思い出すことはなかったけれど、それ以来不倫だとか浮気だとか不貞行為に凄い嫌悪感を持つようになった。

〝次は慎重に相手を見極めよう〟と思っていた矢先に、過労死しちゃったみたいなんだよね。

その〝次〟がドルチアーノ殿下でなくてよかった。

その経験から、いくら顔が良くてもそれだけで好きになったりしない。

人は顔じゃない！　誠実さや思いやりが大事だ！　と元カレに振られてから分かったんだよね。

ある意味いい経験をさせてもらったと思うよ？だから最初から最後まで一度も誠意を見せなかったドルチアーノ殿下と、貴族の義務とはいえ結婚するなんて考えられなかった。

『デブ、ブス』と言われたことは百歩譲って許そう。

そのあとが最低だった。

プレゼントのお礼もお返しもなければ、手紙の返事すら一度もなかった。誠意の欠片もない男と縁が切れて本当によかったと思う。

その点アレク様は誠実だし、真っ直ぐに気持ちを伝えてくれる。確かに私はアレク様に惹かれている。

でも彼の思いに応えるには、もう少し時間が欲しい。

もう二度と裏切られたくない。あんな思いはもう嫌だ。

その日の夜、家族会議が開かれた。もちろん議題はマーガレット王女が留学してくることの対策。

私が巻き込まれない様にアレク様と距離を置くべきだと言うお父様とルイス兄様。

スカーレット王女がマーガレット王女を敬わなくていいと仰られたのだから、相手をしなければいい、と言うのはお母様とリアム兄様。

私の意見も述べたのにな……

お父様ルイス兄様VSお母様リアム兄様で意見が割れてるんだよね。

スカーレット王女だけの話を聞いて、マーガレット王女本人を知らずに先入観だけで決めつけるのも良くないとは思うんだけど、お父様はこの国の宰相だから、トライガス王国でのマーガレット王女の評判や素行も耳に入っているだろうし、ルイス兄様は王太子殿下の側近で今日の話にも参加していたから、二人が心配してくれているのは分かるんだけど……

大丈夫だよ？　私そんなに弱くないよ？　結構図太いんだよ？

結果、マーガレット王女が学院に編入してからの態度や行動で、臨機応変に対応することに決まった。

（私の存在自体目に入らないかもしれないものね）

来週には新学期も始まる。マーガレット王女も今週中には到着する予定。

普通なら滞在先は学院の女子寮になるか、空いているどこかの邸になる予定だったけれど、やはり身分は王族だから警護の問題もあり、王宮内にある離れから学院に通うことになったらしい。

王宮内なら許可なく男を連れ込めないからですって！

そこまで信用されていないマーガレット王女には警戒も必要だと思うけど、反対にどんな人なのか興味もあるんだよね。楽しみだな新学期。

〝愛らしく儚い庇護欲をそそる見た目〟のマーガレット王女。ターゲットはアレク様とのことだけど、ドルチアーノ殿下も顔は良いから狙われたりするのかな？

第四章　期待と後悔

今日から私も二年に上がる。

お父様とルイス兄様は反対したけれど、アレク様のハイアー侯爵家の馬車で一緒に登下校することになった。登校時はともかく下校時には、王都の街で買い物やカフェにアレク様と二人で寄り道が出来るかもしれない。

今までだってリアム兄様が同伴だったけれど、友達と放課後に街に繰り出したことだってあった。

今世ではドルチアーノ殿下の婚約者候補だったこともあり、家族以外の異性との接触なんて許されなかったのよね。

ドルチアーノ殿下に私の存在を無視し続けられていたにもかかわらずだ。

辞退を認められたのだから、好きにしていいよね？

制服のまま放課後デートなんて、前世では彼氏がいた時は普通にやっていたことなのにな。

「ヴィクトリアお嬢様、ハイアー様がお迎えに来られました」

「はい、ではお父様、お母様、ルイス兄様、リアム兄様行って参ります」

「ヴィー、本当に気をつけてくれよ？　ヴィーにもしものことがあったら、たとえ相手が友好国の王女だろうと許せそうにないからね」

「ルイス兄様大丈夫ですよ。でも、もしもの時は兄様に助けを求めることを許してくれますか？」

「もちろんいいに決まっているだろ。何もなくてもヴィーの話なら何時でも聞きたいからね。遠慮なく話して」

そう言ってルイス兄様が頭を撫でてくれる。ギュッと抱きついて「兄様大好きです」と、「行ってきます」と告げてアレク様の待つエントランスに急いだ。

うお！　眩しい……

学院の制服を着たアレク様は、本来なら冷たく見える端整な顔を太陽のような眩しい表情に変えて私に笑顔を向けてくれる。

「おはようヴィー。制服姿のヴィーを初めて見るけどすごく似合っているな」

いやいや、それはアレク様のほうでしょ！

「おはようございます。アレク様は制服姿も素敵ですね」

本当、イケメンって何着ても似合うよね。

こんなアレク様が編入してきたら、学院も大騒ぎになるんじゃないかしら？

いや？　留学するまでは普通に貴族子息として付き合いもあっただろうし、顔見知りは多いかも？　じゃあ、そこまで騒がれないのかもしれないよね？

……忘れていた。

馬車から降りるなり、注目を集めてしまった。すっかり忘れていたけれど、あの歓迎パーティーでアレク様が私にプロポーズしたのを結構な数の参加者に目撃されていたんだ……

でもね？　私もアレク様もフリーなんだよ？

両家の親にも許可を取って会っているからね？

二人でいてもおかしくないんだよ？

「今日は午前で終わりだろ？　ヴィーの教室まで迎えに行くから俺が行くまで待っていて」

「じゃあ、掲示板に各学年のクラス分けが貼り出されているから、このまま見に行きましょうか？」

ちなみに新入生の入学式は一時間ほど後から始まる。

それまでに二年生、三年生は各クラスで明日からの予定表と、教科書を渡されるぐらいで、入学式に参加したら今日は解散になるんだよね。

（面倒臭いからマーガレット王女とは別のクラスになりますように）

一応叶うかどうか分からないけど、私をこの世界に転生させてくれた神様だろう存在に心の中で祈っておく。

成績順で上はAクラスから下はDクラスまでに分かれている。

それは高位貴族も下位貴族も平民も関係ないのだ。

リアム兄様が「クラス替えといってもほぼ顔ぶれが変わることもないよ。せいぜい二、三人かな」と教えてくれた。

「俺は三年A組だな。ヴィーは？」

「私もA組ですね。……マーガレット王女の名前はA組にはありませんでしたが……」

「ヴィーと王女が同じクラスにならなくてよかったよ」

私よりもアレク様はご自分の心配をした方がいいのでは？

マーガレット王女はアレク様狙いでわざわざ留学までしてくるんだよ。

ん？　んん？

「アレク様！　私のクラスまで迎えに来られると、マーガレット王女に見つかる確率が高くなりますよ？」

「俺は別に気にしないが……ヴィーが王女に目を付けられるのは困るな」

いやいや、登下校を一緒にしてたら目を付けられる前に王女の目に入るでしょうよ！

実際マーガレット王女がスカーレット王女の言っていたような女性なら、アレク様を手に入れる為に何かしら私にも言いがかりを付けてくるでしょうね。

「私がアレク様の教室に迎えに行きましょうか？」

アレク様はなんだか納得してなさそうな顔をしていたけれど、しばらくはそれで様子を見ることに決まった。

校舎の入口でアレク様とは別れて、教室に入るなりジュリア、アリス、マーリンが目を輝かせて私を囲んだ。

うん、聞きたいことは分かるよ。あのパーティーで三人とも居たものね。

他のクラスメイトも気にしていない振りしているけれど、耳がダンボになっているわよ。

今日は時間に余裕もないから、明日にでも詳しく話すと私が口を開く前に、一年の時も同じクラスだった子息が勢いよく教室に入ってきた。

「おい、トライガスの王女様がこの学院に留学してきたぞ。人集《ひとだか》りで見えなかったが、すっごい美少女らしいぞ」

あの後、新入生の入学式が始まるまでクラスメイトたちは、留学してきたマーガレット王女の話で持ちきりになった。何人かは実際に王女を見たそうで、うっとりと惚けた顔で話していたから本当に魅力的な王女様みたいだ。

私のことから話をそらせたからいいけれど、友人たちには今度ちゃんと話すとその場は言った。

入学式も滞りなく終わり、アレク様の教室まで迎えに行く途中だった。

何やら揉めているような声が聞こえてきた。

ここは空き教室？

「なぜですか？」

「今までお傍に居ることを許して下さっていたではありませんか？」

「触れることも許さないとは何故なのですか？」

令嬢たちは叫ぶように誰かに訴えているようだ。

「ごめんね。僕は君たちにいい顔をし過ぎたと反省しているんだ。今の僕が誰かを選ぶ資格なんてないと思っている。君たちにはこんな僕よりも相応しい人がいるはずだよ」

「そ、そんな……」

「……」

「それに、君たちが下位の者や平民に横暴な態度を取っていることを、僕は知っているよ？　そんな女性を王子妃には出来ないと分かるよね？」

え？　ドルチアーノ殿下？

まあ、確かにそんな人は王子妃に相応しくないかも。

それよりも僕？　私にはいつも俺って言ってたよね。

「態度を改めますから」

「お願いします」

「婚約者候補から外さないで下さい」

「ごめんね。僕に人を見る目が無かったんだ。他の候補者も全員外したよ。これは陛下にも許可を貰っているから覆らない。君たちも自由になれるんだよ」

ドルチアーノ殿下の声は、キツい言葉を敢えて使っているようだが、優しく諭しているように聞こえた。私にかけた口調とも、言葉使いとも違う穏やかな話し方だ。

ドルチアーノ殿下は本来は穏やかな人なのかもしれない……

……なるほど。

私限定で口調が乱れるほど彼は私のことが嫌いだったんだ。

そこまで嫌われるって、私が知らないうちにドルチアーノ殿下を怒らせたのか？

誕生日プレゼントに嫌いな物を送ったとか？

「ドルチアーノ殿下……」

いや、毎年刺繍したハンカチだったわ。

それとも手紙の内容に失礼があったとか？

……今さらね。

もう、関係は絶たれたのだから。

「じゃあ僕はこれで失礼するよ」

ガラッとドアが開いてから、今の自分の状況が立ち聞きだったと気付いた。

ドルチアーノ殿下に怒鳴られるか睨まれるかと身構えながらも、あら、ちゃんとドアは閉めるんだなと冷静に思いながら、恐る恐る見上げると、苦虫を噛み潰したような顔をしていた。

でも……に、睨んでいない？

「……どこから聞いていたの？」

の？　ですと!!　聞き間違いか？　それに怒鳴らないの？

「……いい顔し過ぎたところからで、す」

「……ほとんど最初からじゃないか」

「も、申し訳ございません」

「それはいいよ。それよりも悪かったね。君にとって僕は最低の男だっただろうね」

暴君が謝った？

「君のことを何も知らないのに、君の為人《ひととなり》を勝手に決めつけてしまった」

ど、どうしたの？　変な物でも食べたの？

「君への口調も態度も反省している」

「そ、そうですか。大丈夫ですわ。気にしておりませんから」

「それと、君を睨んでいるつもりはなかったんだよ。ただ君を見たら緊張しちゃって体が固まってしまっていたんだよね」

緊張？？？

何を言っているか分からないんだけど？

「それよりも三年の階に何か用事があったの？」

‼　やっぱり！

の？　って言ってるわ！

く、口調が今までと全然違う！

彼は二重人格なの？

「に、二年の階だとあの御方と出くわすと面倒かと思い、私がアレク様を迎えに行くと約束したんです」

「そうなんだ。アレクシスとは同じクラスだから……一緒に行こうか。送るよ」

そうなんだ？

行こうか？

送るよ？

……謝ってもらったけど、別人過ぎて怖いんですけど！

「大丈夫ですわ。一人で行けますので」

「気にしないで、僕も教室に戻るところだからね、さあ行こうか」

い〜や〜！

あの〝俺様王子〟が〝普通の王子〟になっている〜。

こ、これは、新手の意地悪か？

仕方ない、ついて行くしかないか。

「アレクシス、ディハルト嬢が迎えに来ているよ」

よ？

それに、ずっと穏やかな口調なんですけど！

怖いわ！

帰ったらルイス兄様とリアム兄様にドルチアーノ殿下の性格を聞いてみよう。

「待っていたよヴィー！　ここまで何もなかった？」

すぐに教室から飛び出してきたアレク様に、ドルチアーノ殿下がここまで送ってくれたことを伝えて、ドルチアーノ殿下には一応お礼を言って別れた。

「何でヴィーがドルチアーノ殿下と一緒にいたんだ？」

「たまたまココに来るまでに会っただけですよ」

そう、たまたま話し声が聞こえて、たまたま立ち聞きしてしまっただけよ。

「そっか……それよりも帰りに街に寄って何か食べて行く？」

制服デート！

「はい！　行きたいです」

二人で何を食べようか話しながら馬車乗り場に到着したが……人集《ひとだか》りがある。

嫌な予感がする。

まだ後ろ姿だけど、ふわふわしたこの国では珍しいピンク色の髪が見えた瞬間、脳裏に前世の乙女ゲームや小説に出てきたヒロインの描写が浮かんだ。

ヒロインはピンク色の髪が一番多かったような気がする……

いや、ここはゲームの世界じゃない……はず。

そして、ゆっくりとピンク髪の令嬢が振り向いた……

ドルチアーノ殿下視点

彼女が僕の婚約者候補を辞退して、残りの六人から選ぶことを考えた時、どうしようもない不安が押し寄せてきた。

政略結婚になるのは仕方がない。愛し愛される相手と結ばれるなんて期待もしていなかった。

ただ、アンドリュー兄上は候補者の中の一人の令嬢に想いを寄せ、お互いの気持ちが通じ合うとすぐに婚約した。

兄上が十二歳の時だった。

『まだ十二歳なのに相手を決めてしまってよかったのか？』

『アリアナがいいんです。アリアナ以外考えられません。俺がアリアナを守ります』

父上に聞かれそう答えた兄上は、言葉にしたように現在もアリアナ嬢を大切にしている。

アリアナ嬢はつり目のせいか、キツく性格が悪いと周りからは勘違いされていた。

が、本来の彼女は心優しく努力家で、芯の強さも併せ持つ素晴らしい令嬢だ。

あの、ちょっと巫山戯《ふざけ》たところのある兄上を叱れるのもアリアナ嬢だけだ。

それすらも喜んでいる兄上は、臣下の前では王太子らしく振る舞っているが、アリアナ嬢と二人でいる時は、甘え甘やかして、こっちが目を逸らしてしまう程本当に仲がいい。

アリアナ嬢が学院を今年卒業したので、来年には挙式も決まっている。

ジョシュア兄上も学院を卒業してから婚約した。相手は控えめな令嬢で見かける度に本を読んでいるような人だ。

『彼女とは趣味が合うんだよ。控え目な女性だけど彼女となら愛を育んでいけると確信しているよ。彼女の傍はゆっくりと時間が流れるようで居心地がいいんだ』

確かに二人でいる姿は、目が合えば微笑み合い、お互いを尊重し合っている様に見える。

僕の婚約者候補たちは、僕の腕の取り合いから始まり、お互いを牽制し合うばかりだ。

さすがに僕の前では罵り合ったりしないが、遠回しな言い方で相手を蔑む言葉を投げかけている。

これも僕がハッキリした態度を取ってこなかったことが原因だ。

候補の中から選ばないといけないと分かっていても、彼女たちの中から誰を選ぼうと将来が見えてこなかったんだ。

お互いが歩み寄り、ジョシュア兄上の言っていたようにゆっくり愛を育めればいいと分かっているのに、幸せな将来を想像出来ないんだ。

それもまた僕の勝手な思い込みかもしれない。

幸い僕は三男だ。学院卒業後すぐに婚姻する訳でもない。

ダメ元で父上に今の気持ちを伝えた。

『分かった。ドルチアーノの婚約者候補は全て外す』

『いいのですか？』

『ワシも子供たちには幸せになって欲しい。長い人生をともに過ごす相手だ。だから候補者を何人か立てて本人に選ばせているんだ。ドルチアーノが候補の中に相手がいないと言うのならそうなのだろう』

『ありがとうございます』

『婚約者候補に上がった令嬢に〝思う相手が出来た、どうしても王子が嫌だ〟という場合は辞退を認めると、契約書にもそう書かれている。……ディハルト嬢はまた別の契約内容だったが……それに、ディハルト嬢以外の候補者はお前の婚約者になりたいと自ら名乗りをあげた令嬢だ』

……知らなかった。

父上にもっと早く気持ちを伝えればよかった。

『焦らずゆっくり探せばいい。出会いを大切にしろ、そのうちドルチアーノが大切にしたいと思う相手も見つかるさ』

これで僕には婚約者候補がいなくなった。

元候補者たちに説明するのに少し心が痛んだが、こんな僕よりも幸せにしてくれる相手がきっといるはずだ。

その時の会話を彼女に聞かれてしまったことには驚いたが……

彼女を見る度にあれほど緊張していたのに、彼女との繋がりが切れたことで普通に会話をすることが出来た。

会話の途中で彼女が何度も驚いているような表情をしてた。

〝こんな顔もするんだな〟。たくさんの表情を見せてくれる彼女に、今までの僕の態度を謝ると、気にしてないと言ってくれた。

僕が最初にあんな言葉を吐かなかったら、彼女の隣に居るのはアレクシスではなく、僕だったかもしれない。

……違うな。

あのままの僕なら、きっと今と同じで誰にでもいい顔をして、優柔不断な態度をとっていたんだろうね。

愛想笑いもしないアレクシスを不器用だと思っていた。

人目など気にせず、自分を貫いたアレクシスは強かったんだな。

その強さが羨ましいよ。

でも謝れてよかった。

ただ一つ心残りがあるとしたら、彼女の笑顔を僕にも向けて欲しかったことかな……

僕はこの先もずっと後悔するんだろうね。

第五章　裏切りと決別

び、び、び、美少女!!

振り向いた美少女にびっくり！

彼女がマーガレット王女だとひと目で分かった。

スカーレット王女が言っていた通り〝とても愛らしく儚い庇護欲をそそる見た目〟そのままだった。あれは女の私でも守ってあげたくなるよ。

王女が学院に来てまだ三時間ぐらいしか経っていないはずなのに、もうあんなに生徒たちに囲まれている。

ゆっくりと、恥ずかしそうに歩いてくる姿も小柄だからかしら、転ばないように手を差し伸べたくなるわ！

「アレクシス様、ご無沙汰しております。マーガレットです。一年と短い留学期間ですが、よろしくお願いしますね」

ペコリと頭を下げる姿も可愛い！

何も返事をしないアレク様を見ると、機嫌が悪いのか眉間に皺を寄せて王女を見下ろしていた。

「それでは、わたくしは皆様をお待たせしておりますので失礼しますわ」

今度は軽く頭を下げて私にも照れくさそうに微笑んで去って行った。

いい子じゃない？　うん、聞いていたよりも素直そうで問題なんてなさそうよ？

でもマーガレット王女の話をした時のスカーレット王女の真剣な顔は、妹を嵌めているようには見えなかった。

でもトライガス王国では、マーガレット王女が原因で何組もの婚約がダメになったと言っていたし、この国でもそんな問題を起こしたら幽閉だって……

周りを味方につけるのも上手いとも言っていたわよね。

マーガレット王女のことを知りもせず、決めつけるのはまだ早い気もするが……

それよりも、さっきから一言も話さないアレク様も、マーガレット王女に見とれてしまったとか？

「アレク様、どうかしましたか？」

「……いや、早く行こう」

まだ難しい顔をしているけれど、街には行くんだ。

ハイアー家の馬車に乗るなり、「気持ち悪かった、鳥肌が立った」と言い出した。

「ビックリするぐらい可愛かったですよ？」

「ヴィー、騙されるな。あれは危険だ、近付かない方がいい」

「そうですか？　か弱そうで守ってあげたくなっちゃいましたよ？」

「だから、王女は自分の見た目をよく理解して、周りを味方にするってスカーレット王女が言っていただろ？　あれは本当だな。王女のあの目を見て確信した」

かな？

赤い目も大きくて、ちょっとタレ気味で小柄だから上目遣いになってしまうからじゃないの
いや、元カレの本命がそんな感じだったような……

危ない、危ない。

見た目で判断するところだった。

「私から近付くことはしないから大丈夫ですよ」

「絶対だぞ、約束だ」

アレク様はマーガレット王女をかなり強く警戒しているみたい。

鳥肌が立つって言うぐらいだから、王女に惹かれたりしないよね？

アレク様の気持ちを疑ったりはしたくないけれど、前世で二股かけられてから私は自分に自信が持てない。

赤ちゃんの時にハイハイして初めて鏡を見た時は、自分の可愛らしさに舞い上がっていたのにな。

ドルチアーノ殿下に『デブ、ブス』と言われたのが効いたかな。

そんな自信のない私が本気で好きになった人に裏切られたら……引きこもりになっちゃうよ？

だから、アレク様。

マーガレット王女の誘惑に負けないでね。

貴方の気持ちが変わらないと信じさせてね。

マーガレット王女が留学してきてから三ヶ月が経った。

王女からアレク様に接触したのは編入した当日だけで、それからは一度も話しかけられたことはないとアレク様からは聞いている。

まあ、あれだけ周りをファン？　信者？　に囲まれていたら単独行動は出来ないだろうとは思う。

いつ見かけても控えめに微笑んでいるマーガレット王女に、男女関係なく虜になるのは仕方のないことだし、それに楽しく過ごせているようだ。

王女が編入した当初は、同じクラスの男の子たちも浮き足立っていたのよね。

それがいつの間にか落ち着いて、〝高嶺の花だから近くで見るよりも離れた場所から見るだけの方がいい〟とか言っていたな。

ちょっと意味分からないけど、他国の王女相手に恐れ多くて近付けないのかも？

それに普通に考えたら一年したら帰国する人に本気になってもね。

Aクラスは優秀な子息子女ばかりだからね、現実がしっかり見えているのだと思う。

それと、変わったことと言えば、ドルチアーノ殿下が令嬢を傍に置かなくなったこと。

今は数人の男子生徒と笑っている姿をよく見かけることかな。

令嬢に囲まれていた時の笑顔よりも、今の笑顔の方がよっぽど彼らしいと思う。

たまに目が合うと、頭を少し下げただけの私の挨拶に、頬を緩めて手を少しだけ上げて挨拶を返してくれるようになった。

アレク様は相変わらず毎日の登下校の送り迎えをしてくれている。

でも、その日々の中でゆっくり、ゆっくりと変わっていく彼を私はもう信じることが出来なくなっていた……


新学期当初はアレク様とマーガレット王女を接触させないようにする為に、私が三年の教室まで迎えに行っていたが、王女から接触がないということで、アレク様が迎えに来てくれるようになっていた。私が迎えに行ってもアレク様が席を外していることが多くなったからだ。

だから、私は自分のクラスで待つようになったのだ。

待つと言っても、せいぜい三十分程で一時間近く待たされたのは数回程度だった。

その日の朝も、アレク様はいつものように我が家に迎えに来てくれた。

「ヴィー悪い、今日も少しだけ待たせることになりそうだ」

「最近忙しそうですね。私のことは気にしなくて大丈夫ですよ」

アレク様と話す時に感じる少しの違和感……

前世でも同じ違和感を感じたことがあったと思い出したのは、二ケ月程前。

それに……学院が休みの日にも我が家を訪れていたアレク様の訪問が減ったこともそうだ。

一番はアレク様の目に前ほどの熱が見えなくなったこと……

そこに気付いてしまうと、私のアレク様に対する信頼と好感がスーッと減っていった。

いいえ、今は無いに等しいが正解か。

私の気の所為なら疑ったことを反省するけれど、でも私の想像していることは当たっている自信があった。

「登下校を別にしませんか？　私もお友達とのお付き合いもありますし、アレク様もそうですよね？」

アレク様は少し考えてから「それがいいかもしれないな。じゃあ明日からそうしようか？」と答えた。

やっぱり……もう疑いようがない。

「いえ、今日は私用がありますので我が家の御者に迎えを頼んでいます。ですから帰りの迎えを気にしなくて構いませんよ」

そう言って笑顔を作ってみた。

「分かった。だが登校時の迎えは行ってもいいだろ？」

「それも大丈夫ですよ。ルイス兄様やリアム兄様が王宮への出勤時に私を送りたがっていますので、兄様たちにお願いします」

「そ、そうか残念だな。じゃあ明日からは別々になるな」

全然残念そうな顔をしていませんよ？

もう私を真っ直ぐに見ていないことに、アレク様自身気付いてもいないのでしょうね。

放課後、こっそりとアレク様の後をつけた。

もう、面倒くさくなったし、ハッキリさせて、スッキリしたかったのが本音だ。

アレク様は旧校舎の中に入っていった。遅れてマーガレット王女も……

なるほどね。ここはもう使われていない校舎だから、生徒が近づくこともほぼない。

逢い引きするには持ってこいの場所だ。

それに旧校舎は裏門から馬車が出入り出来るし、裏門用の馬車止めも近くにあるものね。

「ディハルト嬢？」

突然後ろから声をかけられビクリと肩が上がる。

恐る恐る振り返ると、ドルチアーノ殿下が、困った顔をして立っていた。

「こんな所で何をしているの？」

「あ、あのドルチアーノ殿下は何故ここに？」

「いつも堂々としている君がコソコソしているのが見えたからね、気になって追いかけてきたんだ」

私のこっそりはコソコソしている様に傍からは見えたのか……

私に隠密は向いてないようだ。

仕方ない、正直に話すか……

「彼をつけていたんです」

「アレクシスが旧校舎に？」

「ええ、入って行きました。……その後マーガレット王女も……」

ドルチアーノ殿下の口を開けて驚いている顔が可笑しくて、つい笑いそうになってしまったのを俯いて耐えた。

「……それでディハルト嬢は二人の現場を押さえようとしたの？」

「いいえ、逢い引きしている所を目撃し、アレク様をキッパリと見限る理由が欲しかっただけですよ」

「そ、そうなんだ」

　何でドルチアーノ殿下の顔が引き攣《つ》っているんだろう？

「じゃあ僕も付き合うよ。証人は必要でしょ？」

　こんなことに殿下を付き合わせるのは申し訳ないけれど、ドルチアーノ殿下が証人だとアレク様も後々言い訳することも出来ないだろう。

　私の目的もバレたことだし、もう遠慮せず頼んじゃおう。

「ありがとうございます」

「ディハルト嬢、どんな光景を見ても音と声を出さないよう気を付けてね」

　ドルチアーノ殿下も何か感じるものがあったのだろう。頷いて了解する。

　それを合図に旧校舎の人影の見える窓に近付いた。

「アレクシス様、会いたかったですわ」

「昨日も会っただろう？」

　すでにアレク様とマーガレット王女は抱き合っていた。

　しっかり声も聞こえるし、姿もはっきり見える。

「それでもわたくしは毎日でもアレクシス様にお会いしたいのです」

そう言ってマーガレット王女がアレク様を上目遣いで見上げると、顔が近づきキスをした。

これは、一回や二回の逢い引きじゃあないわね。

やはり、私の勘は当たっていた。

冷静に考えている私の隣では、ドルチアーノ殿下が眉間に皺を寄せ拳を震わせていた。

「アレクシス様、今日も一緒にいられるお時間は短いのですか？」

「いや時間は大丈夫だ。もうヴィーと登下校はしないことになった」

バッと私を見下ろす殿下に頷いて本当だと答える。

「では！　今日はお時間を気にしなくてもいいのですね」

またまたキス。もう一つキス。何回するんだよ……

ん～最初にマーガレット王女を見た時は、〝とても愛らしく儚い庇護欲をそそる〟女性だと思ったけれど、今はあざといとしか思えない。

「王女との関係は留学が終わるまでの間だけだ。それまでしか付き合ってやれない。俺にはヴィーがいるからな」

何を偉そうに言ってるんだか。

うげぇ～ないない！

舌を出して吐くマネをする私をドルチアーノ殿下が心配そうな顔で見てくるけれど、全然平気なんだよね。

「それに、俺は王女と体の関係までは持つつもりはない」

はいはい、持っても持たなくても好きにしたら？

期間限定と言わず、そのまま永久に付き合っちゃえばいいのに……

アレク様ってバカだったのかな？

うん、バカだったのね。

もうこのぐらい見ればいいか、とドルチアーノ殿下の袖を引き、覗きを終了する合図を目で送ってその場を後にした。


馬車止めまで歩きながら少しずつ会話をする。

「あんな場面を見てディハルト嬢は大丈夫かい？」

「まったく気にしていませんよ。アレク様がマーガレット王女に落ちたのは気付いていましたから。確証が欲しかっただけなので」

本当に？　とドルチアーノ殿下の方が辛そうな顔で聞いてくる。

「……私は浮気する人が大嫌いなんです。アレク様にも『浮気する方は軽蔑しますし嫌いです。たとえ一度でも許しません！』と伝えていたんです」

「うん」

「それをアレク様が忘れたのか、バレなきゃいいと思ったのかは分かりませんが、彼の私への思いはそんなものだったってことですよ」

「そっか」

「それに私は冷たい人間なんだと思います」

「なんで？」

「二人の関係に気付いてからアレク様への好意も無くなって、嫌悪感しかないんですよね。すでに見限っていますしね」

「それは仕方ないんじゃないかな。ディハルト嬢が嫌いな浮気をアレクシスはしたんだからね」

「そう……ですよね」

「これは僕の持論なんだけど、男も女も関係なく浮気する人はするし、しない人は一生しない。アレクシスは浮気する側だっただけだよ。大丈夫！　ディハルト嬢なら浮気をしない人を見つけられるよ」

「そうだといいのですが……」

「これからどうするの？」

「ん〜まずは両親と兄様たちに話します。それからアレク様とは理由をつけて会わないようにします。それにもうすぐ夏期休暇ですからギリギリまで領地に引き篭もりますね。もうアレク様と二人きりで会いたくないので」

「それがいいね。僕も今日のことを父上と兄上には話してもいいかな？」

「もちろんいいですよ」

………

「…………」

「そ、その……ディハルト嬢、泣きたくなったら僕の胸を貸して上げたいけれど、胸を貸したら君を抱きしめちゃいそうだから背中なら貸すよ」

「ぷっ、なんですかそれ！　泣くほどアレク様に未練なんてありませんわ」

もう、笑わせないでよ！

「本当に私の中でアレク様のことなんてどうでもいい存在になっていますからね！」

「……いや、笑わせようとした訳じゃないんだけど、君が笑えたならそれでいいか」

私に気を使って笑わせようとするなんて、ドルチアーノ殿下って面白い人だったのね。

結局、私が馬車に乗り込むまで一緒に居てくれた。

ドルチアーノ殿下視点

あれから彼女とすれ違ったり目が合ったりすると、挨拶をするようになった。

相変わらずアレクシスとも仲良くしているようで、マーガレット王女が入り込む隙もなさそうで安心していたんだ。

彼女が放課後、僕たちのクラスに迎えに来ると急いで彼女の元に行っていたアレクシスが、知らないうちに席を外し彼女を待たせるようになった。

だからか、今度はアレクシスが彼女のクラスに迎えに行くようになったみたいで、三年の階で彼女を見かけることはなくなった。

でも最近になって、アレクシスの前でだけ彼女が無理に笑顔を作っているように見えた。

そんなある日の放課後、三階の窓から彼女がコソコソしている姿を見つけて、気になって後をつけてしまった。

聞けばアレクシスとマーガレット王女が会っていると、しかも二ヶ月程前からだと思うって……

彼女はアレクシスの浮気に確信があるようで僕も付き合ったんだ。

そして、抱き合いキスをする二人を見てしまった。

「それでもわたくしは毎日でもアレクシス様にお会いしたいのです」

角度を変えて何度もキスをする二人。

彼女を傷つけたアレクシスが許せなくて拳が震えた。

「アレクシス様、今日も一緒にいられるお時間は短いのですか？」

「いや時間は大丈夫だ。もうヴィーと登下校はしないことになった」

彼女を見れば頷いて本当だと言っている。

「では！　今日はお時間を気にしなくてもいいのですね」

アレクシスに甘えるよう抱きつき何度もキスを強請《ねだ》るマーガレット王女。

「王女との関係は留学が終わるまでの間だけだ。それまでしか付き合ってやれない。俺にはヴィーがいるからな」

何を言っている！

それはお前に都合がいいだけじゃないか！

お前の言葉を聞いて不貞を見ている彼女が、許すわけがないだろう！

これ以上彼女を傷つけたくない。

泣いてないだろうか？

彼女を見ると舌を出してすごく嫌そうな顔……？。

その顔も可愛いけど本当に平気なのか？

「それに、俺は王女と体の関係までは持つつもりはない」

アレクシスの言葉を聞いているだけで不快になる。

彼女が僕の袖をクイクイっと引っ張る。

もう十分なのか終了の合図を目で送ってきたので、その場を後にした。

彼女がぽつぽつと話してくれた内容は、彼女は浮気や不貞が大嫌いで、アレクシスにも一度でもそんなことをしたら許さないと伝えていたと。

浮気に気付いてからはアレクシスへの好意も無くなり、嫌悪感しかないと。

「そ、その……ディハルト嬢、泣きたくなったら僕の胸を貸して上げたいけれど、胸を貸したら君を抱きしめちゃいそうだから背中なら貸すよ」

真面目に言ったつもりだったのに笑われた。

でも、彼女が初めて僕に笑顔を向けてくれたんだ。

笑いながらもうアレクシスの存在は彼女の中にないと言う様子は、無理をしているように見えなかった。

彼女も僕も帰ったら家族にアレクシスとマーガレット王女のことを話す。

十年間も思い続けてきたんだろ？

彼女を失ってまで、あんな女と遊びたかったのか？

もう、彼女がお前の手を取ることはなくなってしまったよ。

それに……気づいた時にはもう遅いんだよ。

アレクシス……

第六章　近づく距離と離れる距離

家族が揃った夕食が済んでから、家族だけに大切な話があると言ってサロンに集まってもらった。

私がアレクシスを好意的に見ていたことは、家族全員が知っている。

私は順を追って話し始めた。

二ケ月程前からの彼の違和感を不審に思ったことから話し始め、今日の彼とマーガレット王女の会話と何をしていたのかまで、すべて話した。

最後まで黙って聞いてくれていたが、話が進むにつれて、お父様と兄様たちのお顔が恐ろしいものに変わっていった。お母様の口角が上がっていくのも怖かった。

「許さん！」

「私も許す気はありませんよ」

「ヴィー可哀想に辛かったね」

「誠実だと思っていましたのに騙されてしまいましたわ」

「彼に違和感を感じた時から気付いていていましたし、その時に彼の好感度は下がっていきました。それに私は浮気や不貞をする人は大嫌いです。なので彼には嫌悪感しかありません！」

「ヴィーよく言った！」

「ですから悲しんだり傷ついたりしていませんのでご安心を」

「さすが私たちの妹だ」

「明日からは登下校も別になりますし、彼との接触をなくしたいと思っています。夏期休暇も領地に引き篭もりますね」

「それはいいが、一人で大丈夫か？」

「はい、リフレッシュしてきます」

あ！　忘れるところだった。これも言っておかないとね。

「それと、今日のことはドルチアーノ殿下が証人になってくれますし、既に陛下や王太子殿下にも報告してくれていると思います。今日まで知りませんでしたが、ドルチアーノ殿下は面白い人ですね」

みんなが驚いた顔をしているけど、何かおかしなこと言ったかな？

今日、一人で確認するつもりがドルチアーノ殿下まで付き合わせちゃった。けれど、結果的には殿下が居てくれてよかったと思う。

それに、こんなにスッキリしているのはドルチアーノ殿下のおかげだよね。

今度お礼をしなくちゃ。

話したいことはすべて話せたので、私室に戻った。

もう、私からアレクシスに近づくことはない。私にとって彼は不要な存在になっただけ。

結局三ヶ月程度のお付き合いで終わったな。

本気で好きになる前に気付けてよかった。

マーガレット王女に狙われていると知っていて捕まるなんて愚かね。

所詮彼も口だけだったたってことだ。

『浮気する人はするし、しない人は一生しない』

『泣きたくなったら僕の胸を貸して上げたいけれど、胸を貸したら君を抱きしめちゃいそうだから背中なら貸すよ』

面白い人……

そして優しい人……だったのね。

この日からアレクシスと登下校を別にしてしまえば、そう会うことはなくなった。

これで心置きなく逢瀬を重ねられるでしょうね。

私は二人の関係を知らない振りをしている。

「ヴィー、夏期休暇に二人でどこかに出かけないか?」

「お誘いは嬉しいのですが、領地に行きますので残念ですが、お会いする時間があるかどうか……」

「じゃあ仕方ない、また今度だな」

それだけ言うと去って行く。

今度なんて二度とないのに……最近の私の作り笑顔にも気付かないのね。

彼って、こんな人だった?

釣った魚には餌をやらないタイプ?

もう私を釣ったつもりなのでしょうね。

しっかりと自分の意見の言える人かと思っていたけれど、ただの俺様だったのね。

あの時のプロポーズの言葉に騙されたわ。

十年間、私を思ってくれていたことは本当だったと思う……

でも三ヶ月程度、いえ、たったひと月程で私の存在は彼にとって軽いものに変わったのね。

こんな人だと教えてくれたマーガレット王女には感謝してもいいかも。

『このまま二人を泳がす』

あの夜、家族の反対もあったけれど、私の意見を尊重してくれた。

そう、周りを味方につけるのが上手いらしいマーガレット王女なら、私に何かしら仕掛けてくるはず。

「ディハルト嬢おはよう」

「おはようございます。ドルチアーノ殿下」

「いつから領地に行くんだい？」

「明日には向かいます」

「気をつけて行ってくるんだよ」

あの日から私を気にかけてくれているようで、こうして声をかけてくれるようになり短い会話もするようになった。

ドルチアーノ殿下も陛下や王太子殿下に報告済みで「あとは任せて」と、言われている。

何を任せてなのかはっきりとは分からないけれど、きっとトライガス王家との何かしらのやり取りがあるのでしょうね。

マーガレット王女が本気で彼を好きになり、留学までしてきたのなら、このまま何事も無く結ばれれば王女が幽閉されることも起こらないのに……

でも、手に入れるまでが王女にとっての遊びだったとしたら……その先には不幸しか見えないわね。それを、自業自得とも言うけれど……

まあ、ここからは二人の問題で私は一切関係ないもの。

私には領地が待っている。

家族の目の届かない場所でリフレッシュして羽を伸ばすぞ～！

オー！


やって来ましたディハルト公爵領！

ここは王都から馬車で二日程離れた場所にある我が公爵家の広大な領地で、領民の活気もあり海も山も自然もある自慢の領地だ。

観光地でもあるから街も栄えているし、海があるから新鮮な魚介類が食べられるのだ。

取り敢えず今日は疲れた体を休めて、明日から自由に過ごすつもりだ。

前世の学生の頃は、夏休みは昼夜逆転になって母によく叱られたのも懐かしい思い出だ。

家族の目がないからといって、ここで同じことをしたら、厳しくて優しい侍女長に叱られるんだろうな。

去年はあれこれあってバタバタしてたから来られなかったのよね。

だから今回は思う存分楽しむつもりだ。

まずは、市場にある食堂で魚料理を堪能することからね。

翌日から、昔からお世話になっている護衛方と侍女を連れてあっちにフラフラ、こっちにフラフラと思いつくままに興味の惹かれるものを、食べて、触って、見学し、雨の日は読書をしたり、仲良しのメイドを含めた使用人と刺繍をしたりと楽しく充実した毎日を送っていたが……

それも一ヶ月も続けると、さすがに飽きてきた。

そんな時に、王都にいるはずのドルチアーノ殿下から手紙が届いた。

ちなみに、ルイス兄様とリアム兄様からは三日にあげず手紙が来る。

何にせよ、十年も婚約者候補でいた間は誕生日プレゼントのお返しも、手紙の返事もなかったドルチアーノ殿下からの手紙だよ？

それを知っている使用人たちも私と一緒に驚いている。

優しい人だとは理解したが、以前が以前だけに新手のイタズラか？　とも疑ってしまう。

まあ、その封筒を眺めていても時間が過ぎるだけなのでさっさと封を切った。

初めて見るドルチアーノ殿下の文字は、手本のような綺麗で繊細な文字だった。

そして内容もなんてことなかった。挨拶から始まり、ご機嫌伺いと近況報告だった。

王太子殿下は自由に王都から出られない為、毎年ジョシュア殿下とドルチアーノ殿下が手分けして各地を視察していること。

我がディハルト領にも視察に来るらしいが、勝手に見て回るので対応は不要とのこと。

なるほど……じゃあ手紙を送ってくる必要もなかったのでは？

手紙を読んで昼食を食べたあと庭園に向かった。

天気のいい日には、庭園にある大きな木の木陰でお昼寝するのが気持ち良くて日課になっている。

私の行動を先読みして、すでに私専用のお眠りシートが敷かれ、数個のクッションも用意されていた。

寝転がって目を瞑ればドルチアーノ殿下の困った顔が浮かんだ……

以前、ルイス兄様にドルチアーノ殿下の性格を聞いてみたんだよね。

昔から穏やかで優しい性格らしい。

私も話すようになって優しい人だと今なら分かるけれど……

私を『デブ、ブス』って言ったのも、末の弟を可愛がる兄のアンドリュー王太子殿下が余計なアドバイスをしたのが原因だったそうだ。

ドルチアーノ殿下は、そのアドバイスを勘違いして解釈したらしい。

〝太っているから甘やかされて育っている〟、だから私を選べば将来困ることになる。と思ったそうだ……

あの時もワザと王太子殿下の口調を真似たとか……

なんだそれは！　ワケ分からん。

真相を知っても今さらとしか思えないが……

それよりも何やってるんだよ！　って感じ。

……ドルチアーノ殿下がまだ八歳の時だよ？

素直な時期に兄のアドバイスを聞いたら、従っちゃうのも仕方がなかったとは思う。

でもね、八歳でも王族なら王族らしい対応の仕方を学んでいたと思うのよ？

それに解釈違いだったとしてもだよ？

思い込みで十年は長すぎるよ？

謝ってくれたし、私も一応許したよ？

でもね？

胸が消化不良をおこしているみたいにムカムカして、全てを水に流すにはドルチアーノ殿下の私への扱いは酷かったと思うの。

このムカムカはきっと不完全燃焼だと思う。

だって（泣かす！　絶対にいつかお前を泣かす！　覚えていろよ！）と密かに誓ったものが達成出来ていないからだよね？

私は『打倒ドルチアーノ殿下』を掲げて勉強だって礼儀作法だって頑張っていたのに、いつの間にかその時の決意を忘れちゃっていたよ。

危ない危ない。

きっと悲願が達成出来ればこの胸のムカムカも収まるはずだよね？

ドルチアーノ殿下の過去の行いを思い出せば、自然と以前の闘志が燃え上がってきた。

そうと決まれば仕返しする作戦を練らねば！

……どうやって⁇

王子に仕返し？

あれ？　冷静になると恥ずかしくなってきたぞ。

『デブ、ブス』略して『デブス』と言われ、泣かすと決意した七歳のあの日、精神年齢二十代半ばの私が八歳の子供相手に〝泣かす〟だとか大人気なかったのでは？

いやいや、その後の私への扱いを考えれば仕返ししてもいいのではなかろうか……

「む、難しい……」

「何が？」

「いや～、仕返しがね……」

「誰に？」

ん？

一人言に返事が？

不思議に思い目を開ければ私の顔を覗き込む、以前の宿敵がいた……

「ぎゃ～～～～！」

ドルチアーノ殿下視点

王宮に戻りまずは父上に僕が今日見聞きしたことを全て話した。

大きな溜め息を吐いて「ディハルト嬢の言う通り泳がせる。アレクシスは自分で十年間の思いを失ったのだな、愚かで哀れな男よ。そして見限る時期と決断の早さ、ディハルト嬢は賢く聡明な令嬢だな」と言った。

確かにマーガレット王女の興味がアレクシスにだけ向けられていれば、他の子息に興味を持つことはないだろう。

だからか！

気付いてもすぐに行動しなかったのは……

マーガレット王女の執着は奪い取るまでだ。

まだアレクシスをディハルト嬢から完全には奪い取れていない。

それまでは他の犠牲者を出さない為に、長期休暇の間際まで行動しなかったのか。

ディハルト嬢がすでにアレクシスを見限っていることを気付かせず、少しでも長くアレクシスに執着させるために。

凄いなディハルト嬢は。

アレクシスとディハルト嬢は婚約していない。奪ったからといって、誰に責められる訳でもない。

それではマーガレット王女が問題を起こしたことにはならない。

立ち聞きした限りでは、アレクシスを誘導するのもまだ難しいと考えているだろう。

なら、周りを味方に付けディハルト嬢に何かしら仕掛けてくるはずだ。

マーガレット王女は長期休暇中はトライガス王国に帰国する。

動くなら休み明けからだろう。

僕はその場を後にして一旦私室に戻り、アンドリュー兄上の執務が終わるのを待った。

ルイス殿の耳に入れるのは僕よりも彼女からの方がいいと思ったからだ。

「ふん、忠告までされて狙われているのを知っていたにも関わらず落ちたか。せっかく後押しをしてやった俺たちを裏切ったことにも気付いていないのだろうな」

「で、俺は今の状況をスカーレット王女に伝えればいいんだな」

向こうも状況ぐらい知っていた方がいいからね。

「あんな顔だけの女のどこがよかったのか俺には理解出来ないな」

僕もです。

「紹介された時、俺とジョシュアに婚約者がいると聞いた瞬間の目を見たか？　アレクシスが済めば次のターゲットは俺たちだと言うような目だったぞ」

ああ、あの時ね。甘えたように上目遣いで兄上に触れようとしていた時か……

兄上がアリアナ嬢以外の令嬢に触れさせるワケがないよ。

僕に婚約者がいないと知れば話しかけても来なかったね。

「あんな女が王女だなんて、野放しにしていたらいつか国が潰れるぞ」

自国の貴族の婚約を何組も壊してきたからね。相当恨まれているはずだ。

そんな王女を今まで野放しにしていた国王にも責任があるよ。

「ルイスの怒り狂った顔が目に浮かぶよ。アレクシスも馬鹿だよな。体の関係がなければいいと思っているなんてな。しかも現場を目撃されては言い訳も出来ないだろう。ディハルト嬢は大丈夫だったのか？」

「彼女はとっくにアレクシスを見限って、嫌悪感しかないそうですよ」

「ははは……さすがルイスの妹だ」


あれからアレクシスがディハルト嬢に話しかけている所を見かけた。

アレクシスが何かを話しかけていたが、ディハルト嬢は作り笑いで答えていた。

さっさと背を向けて歩き出す後ろ姿を冷めた目で見送っていた。

あんな顔もするんだな……

アレクシスは、ディハルト嬢の作った笑顔にすら気付かなくなってしまったんだね。

長期休暇に各地の視察を父上から命じられている。

ジョシュア兄上と手分けして領地をまわる。僕の担当にはディハルト領があった。リフレッシュすると言っていたディハルト嬢に負担をかけたくないと思い、対応は不要と手紙を送った。

対応が不要なら手紙を送る必要もないのに……

一度だって彼女からの手紙に返事を書いたこともなかったのに……

ただ、ちょっとだけ僕の存在を彼女の頭の隅に置いて欲しくて書いてしまったんだ。

頭の隅に置いてもらえるだけでよかったのに……なのにディハルト領に入ってしまうと、どうしても彼女の顔を少しだけでもいいから見たくなってしまったんだ。

ディハルト家を訪ねると、彼女がいる庭園まで執事が案内してくれた。

幾つものクッションに囲まれてシートの上に寝ころがっていた。

執事が声をかけようとするのを手で制して、僕だけで近づいてみた。

寝ているのかと思えば、考えごとをしているようで、目を瞑ったまま眉間に皺を寄せたり、口を尖らせたり、表情がころころ変わる。

「む、難しい……」

「何が？」

思わず問いかけてしまった。

「いや〜、仕返しがね……」

「誰に？」

会話が出来ていることが不思議だったんだろう。

目を開けた彼女は僕を見て大きな悲鳴をあげた……

なんでだよ！

ヴィクトリア視点

「驚かせてごめんね」

ええ！　本当に驚かされたわよ！　心臓が止まるかと思ったもの。

だって仕返しを考えている時に、その相手が目の前にいたんだもの、私の思考を読まれ捕らえに来たのかと思ったわよ。

「いえ、こちらこそ申し訳ございません。悲鳴をあげてしまいまして……」

一応謝るけど悪いなんて思ってないからね！

「それより何かあったのですか？」

「いや、何もないけれど近くまで来たからね、君の様子を見に来たんだ」

心配してくれたのか……やはり優しい人だな。

「毎日思いつくままに自由に楽しく過ごしていますよ。だからご心配なさらなくても構いませんよ」

「うん、本当に大丈夫そうだ」

おお！　美形のにっこり頂きました！

……だけどね、ドルチアーノ殿下も確かに美形だが、私はそれ以上の超絶美形を知っている。

もちろん私のお兄様たちのことだ。

にっこりを見たぐらいじゃあ、惹かれたりしません！

「ここは涼しくて気持ちがいいね。君がお昼寝場所に選ぶのも分かるよ」

そう、ドルチアーノ殿下は私と一緒に足を伸ばしてお眠りシートに座っている。

お茶菓子も用意されて、まるでピクニックに来ているようだ。

「それで『仕返し』とは？　アレクシスにするつもりなのかな？」

「ち、違います！　彼のことは本当にどうでもいいので！」

「じゃあ……僕に仕返しするのかな？」

なんて勘がいいの！

「ま、まさか！　オホホホ……」

手元に扇子があれば顔を隠せるのに！

「そうなの？　僕は君に仕返しされるぐらいのことはやらかしているからね」

危ない！　同意して頷きそうになったわ。

そんなもの悲しげな顔をされても絆《ほだ》されたりしないってば！

このままだとボロが出てしまうかもしれない、ここは話題を変えよう。

「次の視察はどこの領地なのですか？」

「ここが最後なんだ。それで日程に余裕が出来たから、ディハルト領をゆっくり観光しようかと思ってね」

「君はいつ王都に帰るんだい？」

「あと十日程はこちらにいますわ」

「そっか、本当にギリギリまで帰らないんだね」

帰ればアレクシスが訪問してきそうだからよ。

「じゃあさ、君に案内を頼んでもいいかい？」

面倒くさいな～。

でも、王族の頼みは断れないわよね。内心でため息を吐く。

「構いませんよ」

「では明日迎えに来るよ」

ん？

「ドルチアーノ殿下はどちらにお泊まりになっていらっしゃいますの？」

「宿を取ろうと思っているよ」

え、でも王族の視察の時は、その土地の領主がお世話をするんじゃなかった？

「それなら我が邸に滞在されますか？」

「え⁇」

何で驚いてるのよ！　他の領地では歓迎されていたんでしょう？

「ジョナサン部屋の用意は出来る？」

念の為、執事に確認してみる。

「はい、今すぐにでもお供の方も含めご案内させていただきます」

さすがね！

この本宅がある敷地は無駄にだだっ広くて、離れも大小様々あるんだよね。

殿下たちにはその内の一つに滞在してもらうつもりだ。

「いいのかな？」

「もちろん構いませんよ」

「ではお言葉に甘えさせてもらうよ」

この機会にドルチアーノ殿下の弱みを握るのもいいかもしれない。

仕返しへの第一歩よ！

でも……やっぱり大人気ないかな？

聞けばディハルト領に到着して、そのままここを訪ねて来たと言う……

ドルチアーノ殿下もお供の方もお疲れだろうと、今日は離れの一つに案内し身体を休めてもらうことにした。

もちろん離れでも十分なお料理の提供は出来るが、朝食はともかく夕食は一緒に取ることになった。

まあ、二、三日滞在すれば帰るでしょう。

と思っていたが、ドルチアーノ殿下は街で領民に聞いた穴場や領地のオススメ場所を全て堪能してから帰った。

私が帰る二日前にね！

でもドルチアーノ殿下と色んな所を回るのは結構楽しかったんだよね。

領民とも積極的に会話もするし、振る舞いも領民に馴染むように心掛けてくれていた。

迷子の子を見つけた時は、肩車をして親を一緒に捜してくれたのよね。

それに孤児院では子供たちにとても懐かれて人気者だった。

弱み？　何それ？

お供の護衛たちにも、うちの使用人にも我儘や無茶なことも言わないし、欠点なんてどこにあるの？

まあ、気取らない人だったから一緒にいても変に気を使わなくてよかったし、なんなら友達か？　ってぐらい口調を崩した会話もするようになったんだよね。

あれ？　仕返しは？　打倒は？

どこにいったんだろう??

ドルチアーノ殿下視点

ひと目だけ、ちょっとだけ顔を見たらすぐに去るつもりだったのに……

ディハルト嬢が僕を含め護衛の者まで滞在を勧めてくれた。

気を使わせて申し訳ないと思う気持ちよりも、僕に対する彼女の警戒が少しだけ解けたことが嬉しくてつい甘えてしまった。

もう彼女を我儘だとか、傲慢だとは欠片も思っていない。

すべて僕の思い込みだったと……もう手遅れだけど再度後悔した。

滞在初日の夕食では、僕の供の者にまで同じテーブルに着くことをお願いされた。

固辞する護衛たちに「みんなで食べた方が美味しいでしょう？　それに、もうご用意致しましたわ」と、困った顔でお願いしてくる彼女に、また甘えてしまった。

実際出された食事は、新鮮なのもあって美味しく、気さくな彼女の雰囲気が遠慮する供の者たちの緊張も解し会話も弾んだ。

次の日は、昼食は新鮮な魚介類が食べられる市場の食堂に案内され、彼女のおススメが出てきた時は僕も護衛たちも驚かされた。

生の魚なんて初めてだったからだ。

『海鮮丼』というその料理は、彼女が考案したそうで食堂の名物料理になっているそうだ。

目の前で大きな口を開けてひと口食べる度に「お～いし～い」と言う蕩けるような顔を見て、僕たちも恐る恐る食べてみた。

新鮮な魚があんなにも美味しいものだったなんて知らなかった。海のある領地はディハルト領だけではなかったが、今までの領地で生魚を提供されたことなどなかった。

実際、昨日の夕食も魚料理はすべて火を通されたものだった。

それからは彼女に案内してもらった先々で、勧められる度に何でも食べてみた。

もちろん毒見後だけれど。

彼女はどこでもよく食べ、よく笑って、周りを和ませていた。

庶民に溶け込む彼女はどこに行っても歓迎されていた。

迷子を見つければ、率先して親を捜そうと動き、肩車までしようとしたのには僕たちも驚かされた。

彼女よりも背の高い僕が肩車をすると迷子の子が羨ましかったのか、「私も肩車して欲しい」と僕の護衛でも一番体格のいい騎士にお願いまでする彼女に、もう何度目かも分からない驚きを与えられた。

もちろん丁寧にお断りした。（させたが正しいか）

彼女のお眠りシートにも距離は離れているが一緒に転がって話したり、僕もつられて昼寝をしたりする体験も出来た。彼女は僕を男だと意識すらしていないようだ。

僕もいつの間にか『ヴィクトリア嬢』と呼ぶようになり、僕に慣れたのか気づけば口調も親しい友人と話すかのように砕けたものに変わっていった。

彼女と過ごす時間が楽しくてあっという間に時間が過ぎていた。

結局、二、三日滞在するつもりが一週間も甘えてしまった。

見送ってくれるヴィクトリア嬢と使用人に感謝を伝え帰路についた。

何度か視察の経験はあったが、こんなに楽しい視察は初めてだった。

「最後まで私たちにも態度を変えない優しくて、可愛らしいご令嬢でしたね」

ディハルト公爵家の使用人は護衛たちにも丁寧に接してくれた。

これは他の領地では珍しいことだったりする。

「次の視察もお供させていただきたいものですね」

「そうだね。また来たいね」

次にヴィクトリア嬢に会えるのは学院が始まってからだ。

その時にも、友人のように接してくれたら嬉しいな。

王宮に戻ってからは各領地の報告書作りで僕の長期休暇は終わった。

それでも、今まで一番充実した思い出に残る休暇には違いない。

アレクシスはすることがないのか、相手をしてくれるマーガレット王女が居ないからか、騎士団の鍛錬に参加しては、リアム殿にボコボコにされていたと報告を受けた。

体格で言えば、兄のルイス殿の方が騎士に近い身体付きだが、才能に恵まれたのはリアム殿の方だった。

長身だが細いとも言える体格で、眉目秀麗な顔は訓練中ですら涼しい顔で相手を簡単に打ちのめしている。

リアム殿は母方の実家、代々王宮騎士団を率いるバトロア侯爵家を継ぐに相応しく、幼い頃から天才だと一目置かれてきた。そのリアム殿に相手をしてもらえたんだ、よかったじゃないか。

アレクシスも剣術の腕は確かだが、天才には敵わなかったようで、ボコボコにされたと聞いた。

それを聞いても、悪いが〝ざまぁみろ〟としか思えなかった。

マーガレット王女はまだ戻って来ていないようだ。

もちろんマーガレット王女のことを心配している訳ではない。

帰ってきて王女がヴィクトリア嬢を傷つけないかが心配なんだ。

あの屈託のない笑顔が消えてしまわないことが僕の願いだ。

だからマーガレット王女。

ヴィクトリア嬢を巻き込んだりしないでね。

アレクシスは届きかけていた手を自ら失ったよ。

でも、君が失うものはアレクシスの比じゃないんだからね。

すべてを失う前によく考えて行動した方がいいよ？

アレクシス視点

王宮にヴィーと呼ばれた理由が、留学先のトライガス王国から俺を追いかけてマーガレット王女が留学してくるから警戒しろと忠告する為だった。

狙われているのは、俺だけだから、ヴィーが危険に巻き込まれないように離れろとルイス殿に言われたが、そんなこと出来るわけがない。

ヴィーが俺に〝惹かれている〟と言ってくれたんだぞ。

もうすぐ俺の十年間の気持ちに応えてくれそうなところまできたんだ！

必死に訴える俺に王太子殿下も後押ししてくれた。

ヴィーも俺と一緒にいることを許してくれと頭を下げてくれた。

それにリアム殿まで……

だから帰りの馬車の中で誓ったんだ。

『絶対に俺は余所見《よそみ》なんてしないし、ヴィーに嫌われることもしない。俺の行動でヴィーに疑われるようなこともしない』と……

俺はトライガスの学院で卒業資格を取っているから、別にこの国の学院に通う必要もなかった。

それでも、たった一年でもヴィーと過ごしたくて通うことにしたんだ。

新学期の日にヴィーと帰ろうと馬車止めまで歩いていた時に、人集《ひとだか》りの中から俺に挨拶をしにきたマーガレット王女は、トライガスで俺に甘えた声で纏わりついていた王女とは別人かのように態度が全然違った。

しっかりした挨拶、俺が返事をしなくても不機嫌な顔を見せることも無く、ヴィーにも微笑んで去っていった。

だが、俺を見た時の目の奥に不気味なものを感じた。

ゾワゾワと何かに絡め取られるような……鳥肌が立った。

それからひと月が経っても王女から俺に接触してくることはなかった。

俺を追いかけて留学までしてきたのではなかったのか？

疑問に思いながらも、俺にもヴィーにも接触さえしなければ、こちらから何か言うことはないと放っておいた。

それでも王女が目に入る度に、警戒心から目で追っていた。

ある日、担任から資料の片付けを頼まれた。

ヴィーを少し待たせることに苛立ちながらも手早く片付けてヴィーの元に急いでいた時、目の端にマーガレット王女が映った。

人気の少ない旧校舎に一人で向かっているマーガレット王女を不審に思い追いかけた。

「ここには何も無いはずだが何の用でここにいる？」

気付けば俺の方から声をかけていた。

「ご機嫌ようアレクシス様、裏門の方に馬車を待たせていますの」

「そうか」

それだけ聞けば話すことは無いと背を向けた俺に「少しだけお話出来ませんか？」と聞いてきた。

「ヴィーを待たせているので失礼する」

そのまま去ろうとしたが「アレクシス様が来てくれるまで毎日ここでお待ちしております」と震える声が聞こえた。

ああ、こうやってか弱そうに演じて男を手玉に取るんだな。

上手いもんだと感心するのと同時に、本当に毎日待っているのかと興味もわいた。

今、俺は十年間思い続けたヴィーに気持ちも伝えられて、ヴィーも俺に惹かれていると言ってくれ、夢のような毎日を過ごしている。

あと少しでヴィーを手に入れられるところなんだ。

登下校もヴィーと一緒だし、毎日会っていてもヴィーは変わらず妖精のように愛らしい。何もかもが順調で気持ちに余裕が出来てしまっていたのだろう。

俺が来るまで毎日待っていると言っていたマーガレット王女が、本当に待っているのか興味本位で見に行った。

……本当に待っていた。

俯き、目に涙を浮かべて一人佇むマーガレット王女を見て、留学中に同じクラスの男子生徒が『俺だけは今までの男とは違う』と言って婚約破棄までしたにも関わらず、あっさりとマーガレット王女に捨てられ、心神喪失で学院を中退したことを思い出した。

人の気持ちを弄《もてあそ》ぶマーガレット王女に、仕返しではないが、アイツと同じ思いを味わわせてやりたくなった。

スカーレット王女の警告を忘れたわけではない。頭の片隅には警鐘が鳴り響いていたが、俺は他の男とは違いマーガレット王女の悪癖も知っている。

俺だけは騙されるはずはないと自信もあった。

「本当に待っていたんだな」

「アレクシス様、来て下さったのですね」

すぐに目に涙を浮かべられるのも大したもんだ。

この汚れた王女に比べ、如何にヴィーが清廉なことか。

「じゃあな王女には用はない。俺にはヴィーが待っている」

「明日もお待ちしております」

もっと引き止めるかと思ったが、あっさり引き下がったな。

また三日後に行っても待っていた。

それから二日後にも……

いつ行ってもマーガレット王女は俺を待っていた……

だから話ぐらい聞いてやるかと声をかけたんだ……

これが間違いだったんだ……

「また来て下さったのですね」

マーガレット王女の見た目に騙される男が多いと聞くが、俺に言わせれば笑顔も、甘える仕草も、見つめてくる目も、体の動かし方どれ一つをとっても計算し尽くされたものに見える。

「そんな微笑みは俺には通用しない。王女がトライガスでしてきたことを俺が知らないとでも思っているのか？」

「誤解ですわ！　アレクシス様、わたくしを信じて下さい」

必死に言い訳をしているが、トライガスでも多少は耳に入っていたし、マーガレット王女の実の姉からも聞いている。

「そんなに俺を手に入れたいのか？」

「わたくしはアレクシス様が欲しい」と言って抱きついてきた。

初めての柔らかい感触に驚き、すぐに引き離すことが出来なかった。

黙って見下ろすと、潤んだ瞳で俺を見上げるマーガレット王女に引き寄せられるように口付けをしていた。

口付けをした……ただそれだけだ。

それからも用もないのに俺は旧校舎に足を運んでいた。

マーガレット王女に会いに、自分から行っていたんだ。

ヴィーを待たせているのに……だ。

会えば当たり前のように抱き合い口付けをする。

柔らかい胸を押し当てられても、俺が反応したことは一度もない。

するのは口付けだけだ。マーガレット王女の汚れきった身体に興味はない。

(王女がトライガスに帰るまでだ)

そう自分に言い聞かせ、何度も何度もマーガレット王女と会っていた。

ヴィーを待たせ、登下校まで別々になっても……

ヴィーの目がもう俺を映していなくても……

俺の名前すら呼ばなくなっていたとしても……

俺はヴィーの変化に気付きもしなかった……

未婚の異性が二人きりで会うことが、貴族社会でどう見られるかも知っていたはずなのに、俺の頭からは指摘されるまで抜け落ちていたんだ。

以前、父上にディハルト公爵家に婚約の申し込みをお願いした。

父上もディハルト公爵に話してくれると言った。それから父上が何も言ってこないことに、ハイアー侯爵家とディハルト公爵家との話し合いで婚約が決まったと思っていた。

だから……

だから、ヴィーは俺の婚約者になったと思っていた。

本当にそう思っていたんだ……父上にも、ヴィーにも確認をしたわけでもなかったのに……

もうすぐ長期休暇に入る頃、久しぶりにヴィーとゆっくりと過ごそうと思い声をかけた。

「ヴィー、夏期休暇に二人でどこかに出かけないか？」

「お誘いは嬉しいのですが、領地に行きますので残念ですが、お会いする時間があるかどうか……」

申し訳なさそうに断るヴィーに「ヴィーは長い休暇中に俺に会えなくてもいいのか？」、そんな言葉が出そうになるのを何とか耐えた。

「じゃあ仕方ない、また今度だな」

苛立ちからそれだけ言って背を向けた。まだこの時もヴィーを婚約者だと思っていた。

マーガレット王女も自国に帰ると聞いた。

そこで俺は鈍《なま》っていた体を動かすために、王宮の騎士団の練習に参加することにした。

ここのところ、マーガレット王女の相手をするのに忙しく、まともに鍛錬をしてこなかったせいか、思うように体が動かずリアム殿に手も足も出なかった。

何度挑もうと涼しい顔で攻撃を逸らされ、容赦なく打ちのめされる。

リアム殿は本気を出していないのが分かるだけに、日に日に苛立ってきていた。

毎日、毎日、鍛錬所に足を運び体の感覚が元に戻ってきても、リアム殿には全くと言っていいほど敵わなかった。

「リアム殿に向かうならもっと強くなってからにしろよ。今のお前ではリアム殿の相手は無理だと分かるだろ？」

「そうだぜ、ああ見えてリアム殿は化け物なんだぞ」

騎士の先輩方すら、今年入団したリアム殿には敵わないと言っていた。

そういえば、昔からリアム殿だけでなくルイス殿にも俺は一度も勝てたことがなかったな。

それでも俺は毎日鍛錬場に通った。

ヴィーのことを思い出したのは、長期休暇もあと僅かになってからだった……

ヴィーに会えるまでの十年間は忘れたことなど一日もなかったはずなのに……

だからヴィーに会いに行ったんだ。

休暇も終わろうとしているのに、まだ帰ってきてないとディハルト家の執事が教えてくれた。

次にディハルト家に訪問したのは新学期前日だった。

さすがに帰ってきているだろうと思っていたが、今度は疲れから休んでいると夫人から伝えられた。

結局長い休暇中にヴィーに一度も会うことなく新学期を迎えた……

第七章　違和感と誘導

結局、私が領地に行っている間にアレクシスからの手紙は一度も届かなかった。

私はまったく気にしていないどころか、私が彼を思い出すことすら無かったけれどね。

それに気付いたのも、王都に帰ってきてお父様や兄様たちに聞かれてからだったもの。

私が留守の間、我が家に訪問してきたのも一昨日が初めてらしく、彼が私の帰ってくる日すら知らなかったことに驚いていた。

次に訪問してきたのは新学期が始まる前日……今日のことだったらしい。

そして私が彼の訪問を知ったのは、夕食も済ませた後で「疲れが出ているから休ませている」と面会を断ったことを教えられてからだった。

対応したお母様も、彼を信用していただけにかなりご立腹ですからね。

お父様と兄様たちは言うまでもなく大激怒！　って感じだ。

朝、侍女に起こされる前に自然と目が覚めた。

カーテンを開けると真っ青な空にまだ早朝の新鮮で冷たい空気が気持ちいい。

制服に着替えるにはまだ早い時間だから、ワンピースに着替えて庭園に散歩に出てみるとリアム兄様が剣の素振りをしていた。

ルイス兄様と並ぶと華奢に見えるリアム兄様だけれど、こうやって見ると背も高いし、肩幅も広い。

今なんて薄着だから引き締まった身体に、無駄のない筋肉があると分かるけれど、ジャケットを着ちゃうと着痩せして見えちゃうんだよね。

それにしても、リアム兄様って前世のアイドルやハリウッドの俳優さんとかよりカッコイイのよ！

頭脳明晰！　眉目秀麗！　温柔敦厚《おんじゅうとんこう》！

もう完璧なの！

ルイス兄様だってそうよ？

二人ともお父様似だけど、ルイス兄様の方がガッチリ体型で、眼力？　が強いんだよね。

「ん？　ヴィーもう起きたの？」

邪魔にならないようにこっそり見ていたのに気づかれたようだ。

（やはり私には隠密は無理っぽい）

「お邪魔したようでごめんなさい」

「そんなことヴィーは気にしなくていいよ」

おおう！

朝日を浴びたリアム兄様の笑顔が眩しすぎる！

「ヴィー？　ちょっと話そうか」

そう言って側の木陰にあるベンチまで手を引いてくれて並んで座った。

「ヴィーが領地に行ってすぐに、以前きていたハイアー家からの婚約の申し込みは、父上が侯爵に直接断ったよ」

「はい」

「それでね、断る理由にマーガレット王女のことを話したんだよ」

「はい」

「侯爵もマーガレット王女の留学理由や、祖国での素行を知っていたらしい」

「……はい」

「侯爵も、アレクシスがそんな馬鹿な息子だとは思わなかったとかなり怒っていたようでね、本人が己の誤ちに気付くまでアレクシスには知らせないことにしたんだよ」

「ええ」

「ここまでは手紙で報告したよね」

「はい」

「今日から新学期だけどヴィーは本当にアレクシスのことはもういいの？」

「最初は彼の気持ちを信じていましたよ？　でも二ヶ月もしない間に変わってしまった彼を信じることはもう無理です。……それに現場を見てしまいましたからね」

そう、本当に彼に惹かれていた気持ちが……欠片も無くなったんだよね。

それに彼からもまた私を見る真っ直ぐな目も、気持ちを伝えてくれた言葉も無くなっていた。

「そうだよね。ヴィーが無理して僕たちに本当の気持ちを隠していないならいいんだ」

そう言って頭を撫でるリアム兄様の手は優しい。

「さあ、朝食を食べに行こうか。今日は僕がヴィーを送って行く日だからね」

私が傷ついていないか、ずっと心配してくれていたんだね。

差し出してくれた手で立ち上がり、そのままリアム兄様の腕に私の腕を絡めて、「ありがとうリアム兄様」と甘えると「しょうがないなヴィーは」と、はにかむ笑顔を向けられた。

うっ！　実兄じゃなければ惚れちゃうよ？

危ない危ない、私も大概ブラコンだ。

支度をする為に部屋の前で別れて、朝食の席に着くとリアム兄様の王宮騎士団の制服姿が拝める。

はぅ、尊い。

「ヴィーは騎士団の制服が好きだよね」

「違いますよ？　騎士団の制服を着ているリアム兄様が大好きなんです！」

「分かった。私も王太子の側近を辞めて騎士団に入るとしよう」

ルイス兄様！　な、何を言ってるの？

冗談か本気か分からないからやめて！

「ルイス兄様、私は王太子殿下に恨まれたくはありません！」

「父様もあと二十歳若ければ騎士団に入るのだが……」

お父様までや〜め〜て〜！

「あなたたち馬鹿なこと言ってないで早く食べて仕事に行きなさい！」

うん、いつもの日常だ。

「「リアム、ヴィーのこと頼んだぞ」」

「はい、お任せ下さい」

お母様から一喝されればこの通り、素敵なお父様とルイス兄様に早がわりするのだ。

家族と使用人たちに見送られて、リアム兄様が出勤するついでに学院まで送ってもらった。

学院に着いて窓から少し覗くと、人集《ひとだか》りが出来ていた。

休暇前によく見られた光景だ。あの中心にはマーガレット王女がいる。

リアム兄様もそれに気付いたのか「ヴィーは領地から帰ってきたばかりで疲れているだろ？　僕が教室まで送っていくよ」と、私の鞄を持って、手を差し出してくれた。

つい四、五ヶ月前までここに通っていたリアム兄様の登場に、正門前は大騒ぎになってしまった。

主に令嬢たちの悲鳴で……

やっぱリアム兄様は目立つんだよね。

少し離れたところでアレクシスを見つけた。

彼が見ている先にはマーガレット王女のいる人集《ひとだか》りがあった。

両思いみたいでよかったよかった。

私は二人の邪魔を致しません！

だから、あとは二人でラブラブイチャイチャご自由に！

これはちょっと騒ぎすぎではないか？

リアム兄様が在籍していた時よりも、凄いことになっている。

ああ、リアム兄様を知らない一年生がいるからか……

後ろから目をハートにしてフラフラとついてくる子もいるし、リアム兄様から女性を引き寄せるフェロモンでも出てるのかしら？

「おはようございますリアム殿」

ハキハキとした声でリアム兄様に挨拶をする声がしたと思ったら、ストレートの紫色の髪を高い位置でポニーテールにした赤い瞳の背の高い見知らぬ令嬢が立っていた。

「ああ、おはよう今日からかい？　ホフマン嬢」

リアム兄様のお知り合い？

「はい。そちらのご令嬢は？」

「僕の可愛い妹だよ」

「失礼しました。私はチェルシー・ホフマンと申します。よろしくお願い致します」

ホフマンといえば辺境伯だ。

「ヴィクトリア・ディハルトと申します。こちらこそよろしくお願い致します」

「ヴィー、ホフマン嬢は休暇の間、騎士団の練習に参加していたんだよ」

まあ！　女性騎士!!

彼女なら騎士服が絶対似合うわ！

「それで、今日から二年Aクラスに編入してきました」

「では同じクラスですね。仲良くして下さいね」

「ホフマン嬢は真っ直ぐで素直ないい子なんだよ。僕からもヴィーをよろしく頼むよ」

「はい！　お任せ下さい」

真面目そうだけど、リアム兄様が薦める人なら本当にいい人なんだろう。

「もっと硬い言葉ではなく気さくに話せるお友達になってくれたら嬉しいわ」

「リアム殿が言っていた通りだわ、私もヴィーと呼んでもいい？　もちろん私のこともチェルシーと呼んで」

切り替え早っ！

「もちろん！　仲良くしましょう？」

「じゃあ僕は行くね。ヴィー、何かあったら帰ってくるんだよ」

「もう！　リアム兄様は心配性ね」

教室まで送ってくれたあと、リアム兄様は王宮に向かった。

が、その後姿を追うように令嬢たちの悲鳴があっちこっちで上がっていた。

私はそのままチェルシーをジュリア、アリス、マーリンに紹介した。

ついでにチェルシーの様にお互いを呼び捨てにし、堅苦しい言葉使いも止めることになった。

それだけで、ずっと距離が近くなったようで嬉しい。きっかけを作ってくれたチェルシーには感謝だ。

今日から新学期とはいえ、ホームルームが終われば解散だ。

「みんなで街で何か食べて帰らない？」

「いいわね」

「チェルシーとお友達になったことだし、編入祝いも兼ねて」

ジュリア、アリス、マーリンの順に私とチェルシーを誘ってくれた。返事なんて決まっている。

チェルシーと一緒に頷いた。

五人で向かった先は、軽食も食べられるケーキ屋さんだ。

ちなみに学院に各自乗ってきた馬車は、街の入口にある馬車止めで待機してもらっている。

私たちは個室に通してもらい、各々好きな物を頼んで料理が運ばれてくると、人気の小説だとか、可愛い小物の店の話だとか、休暇中の話だとかを話した。話が尽きることはなかった。

チェルシーが騎士団の練習に参加していた話も聞けた。

「父上が王都に来るついでに、私も連れてこられたんだ。父上の目的は私の婚約者捜しも含まれていたようなんだが、興味がなくて騎士団の鍛錬の見学をさせてもらったんだ」

私たちはチェルシーに続きを促す。

「そこでな、動きに一切の無駄がなく、鋭く研ぎ澄まされた剣を振るうリアム殿を見て、私の理想の型だと、少しでもリアム殿の型に近づけるように無理を言って参加させてもらったんだ」

型？　珍しい！　リアム兄様を見て剣の腕の方に興味を持つ令嬢なんて初めてかも。

「それを王都に滞在中に身につけようだなんて考えが甘かったよ。だから父上に無理を言って編入してきたってワケ。ウチの三人の兄も化け物じみた強さだと思っていたけどね、リアム殿はその上をいく強さだった」

リアム兄様ってそんなに強いの？

「あの強さに憧れたんだ」

チェルシーの話によれば、週末は騎士団の練習に参加する許可をもらっているようだ。

それからもリアム兄様の騎士団での様子を聞くために、ジュリアたちが興奮気味にチェルシーを質問攻めにしていた。

私も普段のリアム兄様とは違う、知らない兄様を知ることが出来、ますますブラコン度が上がった。

その練習中に、力の差も弁《わきま》えず何度もリアム兄様に挑んではボコボコにされていた人の話も出たが、それがアレクシスだとは知らなかった。

食事の後は、街を案内がてらいろいろな店を回り解散になった。

その日から五人で行動を共にするようになり、充実した毎日を送っていた。

ドルチアーノ殿下とは、学院で会えば休暇前とは違い軽い口調で会話するようになった。

そう言えば、ドルチアーノ殿下が以前言っていた『あとは任せて』は、どうなったのだろう？

時折、アレクシスが話しかけてくることもあるが、すべて作り笑顔で聞き流した。

その彼を見てチェルシーが「あれがリアム殿がボコボコにしていた相手だ」と教えてくれた。

うーん……どうでもいいわね。

毎朝の登校時にルイス兄様とリアム兄様が交代で送ってくれるのは相変わらず続いていたし、ドルチアーノ殿下に会えば軽く言葉を交わしていた。

新学期が始まって一ヶ月ほどたったある日、あれ？　と、普段と変わらない日常に少しの違和感を感じた。

何がどうとは分からないが何かが違う……

チェルシーを含む友達もクラスメイトたちとも変わりなく仲良く出来ているのに、一歩教室から出たら少しだけ学院の雰囲気が変わったようなそんな感じ。

これは今学期編入してきたチェルシーにすら感じられるようで、ジュリアたちも私と同じように違和感に首を捻っている。

今日も食堂で仲良し五人でランチを取ったあと、テラスに移動してお茶を飲みながら他愛のない話をしていると、何処からかボールが飛んできて私たちのテーブルに当たってしまった。

カップは割れ、お茶は飛び散り、私たちの制服は汚れ、散々な目にあった。

幸いお茶は冷めていたから火傷もしなかったし、割れた食器で怪我をすることはなかったけれど、ボールを投げた本人は姿も見せなかった。

替えの制服は鍵付きのロッカーに置いていたので各自着替えることは出来たが、ボール遊びしていただろう人が謝りにも来なかったのは気分が悪かった。

それを境に、庭園を歩いていたら水がかかったり、廊下で突然飛び出してきた人にぶつかられて転んだり、いつも一緒にいる私たち五人はその度に二、三人もしくは全員が巻き込まれることになっていた。

たまたま……そう、たまたまタイミングが悪かっただけで、個人を狙っているような感じはしなかった。

私が被害に遭わないこともあったから、本当にタイミングが悪かったとしか思えなかったのだ。

そんなアクシデントが続きながらも、私たち五人は学院生活を毎日楽しく過ごしていた。

そして、秋から冬に差しかかり気温も下がり肌寒くなってきた今日は、上から水が降ってきた……

ジュリアとアリスは日直でおらず、マーリンとチェルシーと三人で馬車止めまで幾つかある庭園を眺めながら歩いていた時、後ろから「ディハルト様、ちょっとお話が……」と呼び止められた。

マーリンとチェルシーも一緒に付き合おうとしてくれたけれど、「今日はここでお別れしましょう。また明日ね」と先に帰ってもらった。

まあ、結果から言えばこれが失敗だったんだけどね。

呼び止めた令嬢は校舎と校舎を繋ぐ渡り廊下から動かないため、私が彼女の傍まで行くことにした。顔は何度か見かけたことはあるが、クラスも違えば、まだ話したことのない令嬢だな、と思った時には遅かった……

突然上から落ちてきた冷たい水に、一瞬何が起こったのか分からず心臓が止まるかと思うほど驚いた。
顔を上げた時には目の前には十五、六人の男女がおり、私を睨んでいた。
中には木刀を持った男子生徒もいる。
それを私に使ったりしないよね？
それでも〝よかった〞と思えたのは、その中にクラスメイトが一人もいなかったから。
別のところから視線を感じてそちらを見れば、ほくそ笑むマーガレット王女がいた。
すぐに理解した。これがマーガレット王女のやり方だと……
目が合うと小馬鹿にしたような顔で私に小さく手を振ってどこかに行ってしまった。
どうせ行き先は旧校舎だろうけれど。
「いくら公爵令嬢とは言え思い合う二人の邪魔をするのはお止め下さい」
突然訳の分からないことを言う令嬢に理解が出来ない。
「……なんのことかしら？」
「シラをきるつもりですか!!」
髪から落ちてくる雫が目に入り、目を閉じた瞬間誰かにドンッと強く肩を押された。
後ろに倒れそうになったけれど、頑張って踏ん張ったんだよね。
案の定、無理して踏ん張ったせいか左足首に痛みが走った。
グキって音すら聞こえた気がする。
でも、絶対に痛みを顔に出すつもりはない！

これは挫いたな。と冷静に考える私はやっぱり図太いんだろうな。

「何を言っているのか分からないのですが？」

「マーガレット王女様とハイアー様のことです！　なぜ二人の邪魔をするのですか！」

「二人は思い合っているんですよ！」

「ディハルト様が身を引けば二人が結ばれることが分からないのですか！」

なんだそれ？

次々と好きなことを言っているが、中には調子に乗るなだとか、性格が悪いだとかの罵声も入っている。

だが！　前世でブラックな会社で揉まれに揉まれた私にはこんな脅し屁でもないのよ！

「身を引けと言われても、私とハイアー様とは何の関係もありませんよ？　ですから邪魔をする理由もありませんが？」

「ディハルト様が嫌がるハイアー様を無理やり婚約者にしたとお聞きしています！」

誰にだよ！　この子たち、彼が私に公開プロポーズしたことを知らないの？

「公爵家の力を使って婚約を強制するなんて最低な女だな」

おいおい、君たち。

周りをよく見ようね？

他の生徒たちも見ているよ。

君たちは公爵令嬢の私に何をしているのかな？

集団だと強くなった気になるのかな？

それとも、これがスカーレット王女の言っていたマーガレット王女の誘導かな？

そうだとしたらマーガレット王女をこのままにしておくとダメだ。

こんな人目のあるところで公爵令嬢の私に水をかけ、集団で囲み、脅すような言葉を投げたことは、間違いなく噂になる。

それも学院内だけでなく社交の場でもだ。それがどういうことかこの子たちは分かっていない。

このままだとこの子たちの居場所がなくなる……

いや……もう遅いんだけどね。

この子たちも貴族の子息子女なら、行動する前にもっと考えるべきだったのよ。

自分たちのこの行為は貴族社会では許されないってことを……まあ、自業自得と言うやつだ。

そんなことよりもだ！

マジ足首痛いし、マジ寒い……

早く終わらせて帰って熱っついお風呂！　お風呂！　お風呂！

「さて、先程から皆さまは勘違いしているようですが……はっきりと申し上げます！　私とハイアー様は婚約しておりません！」

え？　って顔をする者。疑わしく見てくる者。嘘をつくなと怒鳴る者。

「ただの顔見知り程度ですのよ？　一体誰にそんなでまかせを吹き込まれたのですか？」

「マ、マーガレット王女が……」

「マーガレット王女本人から、ディハルト様にハイアー様を奪われたと……」

「恋人同士なのに公爵家の力で引き裂かれたと……お、仰って……」

マーガレット王女もバカなのかな？

上手く誘導したつもりかも知れないけど、簡単に嘘だとバレるよね？

「マーガレット王女の言葉を貴方たちが信じた結果、私は集団に囲まれ、暴力（突き飛ばし）まで振るわれましたのね？　これがどういう結果になるかお分かり頂けますか？」

「ど、どうなるんだ？」

「私はディハルト公爵家の娘ですのよ？　その私に暴力を振るったのです。それも訳の分からない言いがかりを付けて！　証人もたくさん居ますわ」

顔色を悪くした何人かは気が付いたようね。

「お、俺たちの後ろにはトライガスの王女がついている！　公爵家だろうが王家には敵わないはずだろ！」

バカがここにもいた。

「マーガレット王女は最長一年間の留学ですよ？　その後は？　あなたたちが学院を卒業した後まで守ってくれるのかしら？」

「そんなもの学生の間の戯れで済む」

「あら？　それで私が、いえ、我がディハルト公爵家がこんな仕打ちを水に流すとでもお思いですか？」

「…………」

「皆さん、帰ってからご両親に今日私に集団で何をしたかお話しになって、ディハルト公爵家までお手紙を下さいな」

「…………」

「貴方たち、学院内で公爵令嬢に暴力を振るったのですから、何かしら学院からもお咎めがありますわよ？」

想像したのでしょうね。

令嬢たちなんて真っ青になって震えているけど！

でもね！　本当に震えるほど寒いのは私だからね！

「う、うるさい！　大体お前が王女の邪魔ばかりするから！」

木刀を持っていた男子生徒がそれを私に振りおろそうとした……

ヤバい！　頭だけは守らねば！　当たりどころが悪ければ死ぬ！

うん、こんな場面でも冷静な私はやっぱり図太いわ！

目を瞑って腕で頭を守りながら痛みに備えていたけれど、ガツッと音がしても私は痛みを感じなかった。恐る恐る目を開けてみれば広い背中が……

「ねえ？　教えてくれるかな？　なぜか弱い令嬢に手加減なしで木刀を振りおろせるのかな？」

「で、でで殿下……ち、ち、違っ」

「まあいいや、ヴィクトリア嬢が言ったように親に報告して手紙をディハルト家に送るように。ああ、君たちの名前は既に控えているからね。手紙を送らない者はそれなりの処罰があると思っていいよ。それと見物しているだけの君たち、このことは他言無用だ！　分かったね？」

私を庇うように立っていたのはドルチアーノ殿下だった……

ガツッて音がしたよ？　木刀がどこかに当たったんじゃないの？

足首の痛みも、寒さもどこかにぶっ飛んだ。

「だ、大丈夫ですか？　ドルチアーノ殿下」

私の声に答えるように振り向いた殿下の額からは、血が流れていた……

困った顔で「来るのが遅くなってゴメンね。怪我はないかい？」って上着を脱いで私に掛けてくれた。

「わ、私のことよりも殿下、殿下の額から血が……」

慌ててハンカチを出したけれど、びちょびちょで使い物にならない。

「大丈夫だよ。僕は男だからね、顔に多少傷があっても誰も気にしないよ」

なんでもないことのように笑顔を向けられても、はいそうですかって言えるわけないでしょう！

周りを見渡すとドルチアーノ殿下といつも一緒にいる子息たちは、怯えて動くことも出来ない集団に何か話しかけている。聞き取りかな？

それに、ドルチアーノ殿下に傷を負わせたであろう子息は拘束され、血の気の引いた顔でブルブル震えて立つことも出来ないようだ。

「ここは彼らに任せて、ヴィクトリア嬢は医師に診てもらおうか」

え？

「左足を怪我しているよね？」

なんで分かったの？　誰にも気づかれないように顔にも出さなかったのに……

「ここに来る時ヴィクトリア嬢の後ろ姿を見ながら走ってきたんだよ。いつもよりも右に重心がズレていたからね、左足を庇っているのが走りながらでも分かったよ」

だからゴメンねって言いながら私をお姫様抱っこした……

「で、殿下！　歩けます！　わ、私、自分で歩けます！　降ろして下さい！」

「ダメだよ？　もう少しだけ我慢してね」

「そんなっ！　怪我をしている殿下にこれ以上負担をかけたくありません！」

「ん～ヴィクトリア嬢を抱き抱えても負担になんかならないよ。落としたら危ないから少しじっとしていてね」

でも、今も額からは血が流れているんだよ？

「このまま僕の馬車で王宮に向かうよ。この時間なら公爵もルイス殿もリアム殿もまだ王宮にいるし、王宮の医師にも診てもらえるからね」

もう頷く以外出来なかった……

………なぜ？？？

「ゴメンね。これ以上ヴィクトリア嬢が体を冷やさない為だから我慢してね」

馬車に乗り込み、積んでいた毛布で体を包んでくれたけれど、寒さで歯はガダガダするし震えも止まらない。

だからってドルチアーノ殿下の膝の上はないでしょう！

でも、寒すぎて言葉が上手く話せなくて断ることも出来なかった……

ドルチアーノ殿下はもう一度「ゴメンね」と言って私を優しく包み込んだ。

彼のその腕の中は……意外と温かかった……まるで兄様たちみたい。

私たちの乗った馬車よりも知らせの方が早く届いたようで、馬車が到着するとお父様とルイス兄様が既に待っていた。

ドルチアーノ殿下に包まれている状態の私を見ても流石お父様とルイス兄様だ。

冷静に殿下の傷を見て、私よりも殿下を優先してくれた。当然か！

私を抱いたまま歩こうとするドルチアーノ殿下にルイス兄様が「妹は私が引き受けますから殿下は先に怪我の治療を受けて下さい」と言って、今度はルイス兄様にお姫様抱っこされた。

ルイス兄様の抱っこは安心したけれど、殿下と触れ合っていた場所が一気に冷えた気がした……

私はすぐに治療が必要な外傷もない為、医師に診てもらう前に、先に冷えた体を温めるようにと私の為に準備された客室の浴室に通された。

体の芯まで冷えてしまったからだろう、湯船に浸かっても体が温まらない。

もう、骨の髄まで冷え切っている気がする。

熱いお湯を追加してもらいながら何十分も浸かって漸《ようや》く体の内部まで温まった。

数人がかりで髪と体を洗ってもらい髪を乾かしてもらってから、用意されていたワンピースに着替えて診察を受けた。

足首は熱をもっているし腫れてる……自力で歩くのは無理かな。

「まあ安静にしていたら一週間から十日程で痛みも腫れも引きますよ。痛み止めは出しますがしばらくは学院はお休みされてはどうですか？」

う〜ん、確かに私の教室は二階だし、松葉杖で通うとなるとちょっとキツイかな……

あの子たちも何かしらの処罰はあるだろうけれど、他にもマーガレット王女の信者がいたら今度はもっと面倒なことになりそうだし休んだ方がいいのかも？

医師にお礼を言って、ルイス兄様にまたお姫様抱っこをされて診察室を出た。

「ヴィーが話せるようなら、この後詳しく話を聞かせてもらってもいいかい？」

痛み止めも飲んだし、足首も固定してもらったから大丈夫と返事をして、ルイス兄様に連れてこられたのは王太子殿下の執務室だった。

執務室に入室すると、王太子殿下と痛々しく頭に包帯を巻いて少し顔色の悪いドルチアーノ殿下とリアム兄様がいた。

「ドルチアーノ殿下、先程は助けていただきありがとうございました。お怪我までさせてしまい申し訳ございません。頭の怪我は大丈夫でしょうか？」

ルイス兄様にお姫様抱っこされたまま頭を下げる。

あそこで殿下が来なかったらと思うと……

「ヴィクトリア嬢、足の方は大丈夫なの？」

私のことよりドルチアーノ殿下は頭だよ？　そっちを心配してよ。

「ご心配をお掛けいたしました。ただの捻挫ですのでお気遣いなく」

「まあ、ドルのことは心配しなくていいさ。……アレクシスのことは聞いている。アイツは自分が何をやっているのか分かってないようだ」

彼のことなんてどうでもいいですよ～。

「ヴィー本当に大丈夫？　話が終わったら僕が連れて帰ってあげるからね」

ルイス兄様とリアム兄様の間に挟まった状態でソファに座ったけれど、二人ともドルチアーノ殿下の怪我を気にした様子がない……

お礼ぐらい言ってよ！

「殿下、ヴィーを休ませたいので早く本題に入りましょう」

ルイス兄様に促されて、私は最近の違和感から今日あったことまでを伝えた。

もちろんほくそ笑んでいたマーガレット王女のこともチクってやったわ！

と、ここまでは私も元気だったんだよ。

でも、徐々に頭がガンガンと痛くなり寒気もしてきて、王太子殿下や兄様たちの話していることが頭に入ってこなくなったんだよね。

この寒い中、頭から水を被ったんだから風邪をひいたかも～と思ったことまでは覚えているんだけどね、気付いたら自室のベッドの中だった……

第八章　破滅へのカウントダウン

私が目を覚ました時あれはすべて夢だったのではないか……とボーッとした頭で考えていると、横から「ヴィー目が覚めた？　調子はどう？」と優しい口調のルイス兄様が心配そうに顔を覗き込んできた。

足の痛みと、頭の痛みに現実に引き戻された。

そうだった……

頭から水をかけられ、男女関係なくマーガレット王女と彼のことで責められたのだった。

「まだ痛みはありますが大丈夫ですよ」と答えて安心させたくて笑顔を作ってみた。

「ヴィーまだ熱があるんだ。夜中も魘《うな》されていたんだから無理して笑わなくていい」

「ずっと付いていてくれていたの？」

「ふふん、父上とリアムから私が付き添いの権利を勝ち取ったんだ」

そんな自慢げに言わなくても……ルイス兄様ってば大人気ないわ。

「まだ熱は下がってないよ。もう少し寝なさい」

ルイス兄様の手で優しく、頭を撫でられると心まで癒されるようでスーッと眠気が……

ルイス視点

「ヴィーゆっくり休め」

優しく頭を撫でていると安心したのかすぐに眠りについたヴィーの寝顔は幼い頃と変わらない。

うちのヴィーは産まれた時から可愛かった。

ベビーベッドに寝かされているヴィーを覗けば天使のような寝顔。起きていればニコッと笑顔を見せる子だった。

離乳食が始まると『あ〜う〜』とヨダレを垂らしながら次々催促するヴィーがこれまた可愛くて、父上とついつい食べさせ過ぎた。

それが続いたせいか少々ぽっちゃりな姿も幼児らしくて可愛いかった。

「に〜たま、に〜たま」と呼びながら私の元までよちよち歩きで来ると、手を伸ばして抱っこを強《ね》請《だ》る姿も可愛くて……

いま思えばあまり泣かない子だったな。ヴィーが泣くとしたら私やリアムが擦り傷や切り傷を作ったり、熱を出したりした時ぐらいだったか。

「た〜いのと〜てけ〜」

たぶん痛いの飛んでいけって言っていたのだろう。

私たちが熱を出せば小さいながらも看病しているつもりだったのだろう。

母上や使用人が伝染《うつ》るからと引き離そうとするのに、小さな手でベッドのシーツを掴み離れなかった。

日々、話せる言葉が増え、転ばずに歩けるようになり、そして私たちに笑顔を見せるヴィーが可愛くて、愛しくてこの世のすべての悪意や危険から守ってあげたいと……、その為に私たちが出来ることは何がある？

とリアムと真剣に考えていたな。

今ではどこに出しても恥ずかしくない令嬢に育ったが、実際のヴィーは意外と口も悪かったりする。

隠していても兄様にはバレバレだぞ。

『ヴィーは我が家の大切な宝物』なんだ。

そのヴィーに悪意を向けたのがマーガレット王女だ。

アレクシスのことは最初からどうでもよかった。

それはリアムも同じだ。

本来、私よりもリアムの方が敵対した者には厳しい。

あの時リアムがヴィーに味方したのも、家族全員から反対されることで、ヴィーがムキにならないように、冷静に考えられるようにする為だ。

まあ、母上はアレクシスを信じていたから仕方がない。

私たちも昔からアレクシスのことは知っていたからな。

昔からヴィーに会わせてくれと何度も言ってきたが、自分から動こうとはしなかった。

本当にヴィーに会いたければ、手紙を書くなり、親に頼むなり出来たはずだ。

結局アイツは口だけなんだよ。

十年間もたった一人を思い続けた俺凄い！　と自分に酔っているだけだ。

だから、ヴィーとの距離が離れたことにすら気付かない。

マーガレット王女が留学して来なかったとしても、自分に酔っているだけの男の本性をヴィーなら何《いず》れ見破っていただろう。

マーガレット王女もアレクシスも大きな勘違いをしていることに気付いた時が見物だな。

でも、ヴィーが無事で本当によかった。

あの夜を思い出す……

『帰りたくないなぁ……このまま消えちゃいたいなぁ……』

消え入りそうな小さな声で月を見上げるあの子を見つけた時、本当に今にも消えてしまいそうで、思わずあの子の腕を掴んでしまった。

その時に決めたんだ。

この子を自由にしてあげようと。

凛とした表情でアレクシスに警告してくれたスカーレット王女。

国にとって害悪にしかならない妹を切り捨て、幽閉すると断言する姿も王女として立派だと思った。

　実はトライガス王国の第二王女の問題行動は、スカーレット王女が我が国に来る前から私も王太子殿下も知っていた。

　もちろん、国王や宰相である父上や、他の重鎮の方々も知っていた。

　トライガス王国の王妃が、マーガレット王女を産むと同時に亡くなったのは有名な話だ。

　母の温もりも声も知らない娘を不憫に思い、甘やかしたのは国王だ。

　だが、当時まだ二歳だったスカーレット王女だって母の温もりも声も覚えていないだろうに、スカーレット王女よりも六歳年上の王太子殿下のスペアとして厳しい教育を受けさせられてきた。

　周りに大切にされ、何でも思い通りにしてきたマーガレット王女と、遊ぶことも甘えることも許されず王太子のスペアとして詰め込まれる教育、スカーレット王女が甘えられる相手は兄の王太子だけだったと言う。

　これは、二年前にアンドリュー王太子殿下がトライガスを訪問した際に、バレリオ王太子殿下から聞き、内密に相談を受けていたからだ。

『妹を救ってくれ。あの子をこの国から解放するのを手伝ってくれ』

　詳しく聞けば、当時十七歳だったスカーレット王女の婚約者を十五歳だったマーガレット王女が唆《そその》かし、奪い、婚約を破棄されたそうだ。

　これが最初の犠牲者。

　スカーレット王女は別に元婚約者に思いを寄せていた訳では無いが、今も寝取られ王女だと陰で蔑まれているらしい。

マーガレット王女は姉から婚約者を奪い取ると、元婚約者をあっさりと捨ててしまったそうだ。

そこからはスカーレット王女から聞いたままだ。

マーガレット王女にとって、人から大切な人を奪い取る遊び。

奪い取ると遊びは終わり、そして次の遊び相手を見つける。

それが何度も繰り返される。

国民にもマーガレット王女の愚行の噂は流れている。

そこでだ、マーガレット王女への貴族からの苦言に耳を貸さず国民からも信用されなくなった国王を退位させ、まだ若い王太子を国王にと推す声が上がり始めたんだ。

そのタイミングでマーガレット王女がアレクシスを狙って留学すると言い出した。

さすがに問題ばかりを起こす王女の留学には反対の声が多くあがった。

あまりの声の多さに仕方なく、他国で同じことをしたら幽閉させると国王も認めた。

これを機に、自国だけでなく他国でまで問題を確実に起こすだろうマーガレット王女の留学に許可を出した国王に責任を取らせ、退位させるとバレリオ王太子を中心に水面下で動き出した。

あと少しであの子を自由にしてあげられる……

ヴィクトリア視点

次に目を覚ました時、今度はリアム兄様がベッドの横で椅子に腰かけて本を読んでいた。

「リアム兄様……」

「よく眠れたかい？」

「はい」

「もうお昼だよ。昨日から何も食べていないだろ？　軽いものを持ってこさせよう」

「あの……会話の途中から記憶がないのですが、あの後どうなったのでしょうか？」

「うん、話してあげるけど先に何か食べて薬を飲んでからだよ。まだ熱も下がってないんだからね」

確かに頭の痛みは無くなったけれど体はだるい。

それに昨日よりも足首が痛い。

用意されたスープはリアム兄様が食べさせてくれた。

薬を飲んでベッドに横になってから、リアム兄様が昨日の話し合いの内容を教えてくれた。

あの時点では昨日私を取り囲んだ生徒たちの事情聴取が終わっていなかったため、詳細が報告された後に学院からの処罰が決定すること。

私に頭から水をかけた人もその中に入っており、寒くなってきたこの時期に全身ずぶ濡れになるほどの水を狙ってかけたことは、悪意ある行為で処罰も重いものになること。

もちろん足を捻挫する原因になった、私の肩を押した令嬢も暴力行為を行ったとして、キツい処罰が与えられること。

そして、最も重い処罰は私に木刀を振りおろし、結果ドルチアーノ殿下に怪我を負わせた子息。いくら学院内のこととはいえ成人していたこともあり、王宮の牢に入れられたそうだ。

あと、どのようにマーガレット王女が関わっているかも詳しく調べられるそうだ。

……なるほど。

あの子たちもマーガレット王女に関わらなければ、こんなことにはならなかったのに、と残念としか言えない。

まあ、それでも自分で選んだのだから仕方ないか……

「ヴィーが寝ている間に何度も父上と母上が様子を見に来ていたんだよ。父上なんて腫れた足首を見て泣きそうになっていたよ」

なんだか想像が出来てしまう。

今は次々くるお詫びの手紙の内容に怒り狂い、あの子たちの親の訪問も断固拒否しているらしい。

「さあ、ヴィーはもう少し寝ようね」

ルイス兄様と同じように、リアム兄様も優しく頭を撫でてくれるから、また睡魔が……

リアム視点

静かな寝息をたてはじめたヴィーの寝顔を見ているとやっと心が落ち着いてきた。

それまではヴィーをこんな目に遭わせた奴らにどう落とし前をつけさせようかと次々と残忍な方法を頭に浮かべていた。

どうも僕の見た目は、優しくて穏やかに見えるらしい。

実際、僕は滅多なことでは怒らないし、怒りをあらわにすることもない。

これは幼い頃からの教育のおかげでもある。

だが、敵対する者、悪意を向けてくる者には容赦する気は一ミリもない。

今回のヴィーに対する仕打ちは、僕の許容範囲を超えたものだった。

僕が知らせを受けた時には、ヴィーは冷えた体を温める為に風呂に入っている時だった。

ヴィーの通された客室で兄上に聞いても詳しくはまだ分からないと、詳しく知りたいなら王太子の執務室にいるドルチアーノ殿下に聞いてこいと言われ、ヴィーを兄上に任せ執務室に向かった。

中には王太子殿下と頭に包帯を巻いたドルチアーノ殿下がいたが……。

「……ドルチアーノ殿下、腕をどうされましたか？」

「ははっリアム殿にはバレちゃったか」

「リアムは流石だな。俺は気付かなかったぞ」

見れば一目瞭然だろ？

「腕にヒビがはいっているそうなんだ」

話を聞くと、ヴィーに木刀を振りおろした場面で腕で阻止したのはよかったが、勢いに負けて頭をかすったそうだ。

ふ〜ん、腕にヒビがはいる程の力でヴィーに木刀を振りおろしたんだ……そいつ殺してもいいよね？

まあ、ドルチアーノ殿下の犠牲でヴィーが助かったのはありがたいが……まだまだだな。

「弱いですね」

「おいおいリアム、少しはドルを労ってやれよ」

「腕が治ったら、僕が直々に指導してあげますよ」

「あ、ありがとう……。それで腕のことはヴィクトリア嬢には黙っていて欲しいんだ。腕はちゃんと固定しているし、服の上からだと分からないだろ？」

「僕はすぐに気付きましたが？」

「その……優しいヴィクトリア嬢だから……何も悪くないのに責任を感じちゃうと思うんだ。……そ、それにカッコ悪いだろ？」

………

「二度と……僕は二度とヴィクトリア嬢を傷つけたくないんだ」

「……分かりました。ヴィーには黙っておきます」

「ありがとうリアム殿」

「ヴィーを庇ってくれたことには感謝しますが、王家にヴィーは渡しませんから！」

ドルチアーノ殿下を見てしっかりと釘をさしておく。

分かっているよ、と寂しそうな顔で苦笑いしているのは、今までのことを後悔しているからだろう。

でも、こればっかりはね。

そこへ兄上に抱かれたヴィーが入室してきた。

足首に巻かれた包帯の上からでも腫れているのが分かる。

ヴィーは僕と兄上の間に座り、何があったのか詳しくセリフ付きで話してくれた。この寒さの中、頭から水をかけられ、足を捻り、どれだけの痛みと寒さに耐えていたのか……

そう思い怒りで頭が沸騰しそうになったその時、隣にいるヴィーから異常な熱が伝わってきた。

もういいだろう。

話はここで終わりだ。

抱きかかえようとヴィーを見ると瞳に涙を浮かべて「兄様、ヴィー頭が痛いの」と僕に抱きついて甘えてくる。

はぁ、うちのヴィーが可愛すぎる！

よしよしと頭を撫でて、「兄様が連れて帰ってあげるよ」とヴィーを抱いて立ち上がると、羨ましそうな顔の兄上と、驚愕した顔の王太子殿下と……それから顔を真っ赤にしたドルチアーノ殿下が目に入った。

これ以上可愛いヴィーを見せまいと、さっさと退室した。

ヴィクトリア視点

それから三日間、朝と昼は微熱程度まで熱が下がり、夜になれば熱が上がるのを繰り返した。

その間も入れ代わり立ち代わり、両親と兄様たちが看病してくれた。

学院にはお母様が風邪で休むと連絡を入れてくれて、お見舞いに来てくれたチェルシーたちにも伝染《うつ》るからと丁寧に面会を断ってくれたらしい。

そして、彼ら彼女らの処罰が決まった……とお父様が教えてくれた。

まず、水を上から落とした令嬢は、成人した大人ならば寒い時期に全身がずぶ濡れになればどのような結果になるか想像が出来たはず。

よって悪質な行為として留年。

次に、突き飛ばした令嬢も、学院では皆平等と掲げているが、暴力を振るうことは貴族、平民関係なく罪に問われることであり、許されるものではない。

よって留年。

そして、木刀で無手の私に危害を加えようとした彼は、当たりどころが悪ければ殺人を犯した可能性もあり殺人未遂と判断され退学。

ここからは学院ではなく、法廷での話になるそうだが、実際には王族のドルチアーノ殿下に傷を負わせたことで、死刑まではいかなくてもかなりキツい刑罰が与えられることになるそうだ。

それからその他の者には、集団で無抵抗な人を取り囲み、嘘の情報を確認することなく脅しに近い行為をしたことは悪質だと判断され謹慎を申し付けられたそうだ。それも二ケ月間。

留年の二人は私たち二年生が三年に上がるまでは自宅で謹慎だ。

停学や謹慎だけでも婿入り先や、嫁ぎ先が無くなると言われているのに、留年するなんてこの先貴族でいられるかも難しいと……

今回の件で学院は謹慎と留年と判断したが、要は学院を辞めさせて、廃嫡又は除籍にするか修道院に行かせるかを親が選ぶのだろうと……

高位貴族の令嬢に絡んだのだ、もう学院に帰ってくる子はいないだろうと……

それでも、行動を起こすことを選んだのはあの子たちだ。

世の中には取り返しのつかないことがある。

と、あの子たちも身に染みて分かったことだろう。

ここまでは学院で決まった処罰だが……

公爵家としてお父様がどうするのか……

私は口を出すつもりは一切ない。今回のことは、あの場でドルチアーノ殿下が箝口令を敷いたことで学院でもまだ公表していないそうだ。

見せしめに公表する案もあったそうだが、何かしらの思惑があってのことだろうとは思う。

今の学院の状態がどうなっているのか分からないが、マーガレット王女の取り巻きが一斉に減ったことで何か感じる人もいるだろう。

マーガレット王女が今回のことで幽閉されるのか、まだ泳がせるのかはカサンドリア王家とトライガス王家で判断すると聞いた。

出来ることなら少しでも早くマーガレット王女にはこの国から去ってもらいたい……

ドルチアーノ殿下視点

あの日、学院から王宮に帰るため馬車止めまで友人たちと歩いていた時、友人の一人が慌てた様子で駆け寄ってきた。

彼は僕とヴィクトリア嬢が会えば軽く会話をする友人だと認識しており、その彼女が集団に取り囲まれていると知らせに来てくれたのだ。

嫌な予感がした。

彼女に何かあったら……

場所を聞いて走り出した僕を見てただごとではないと友人たちも一緒に走り出してくれた。

!!

ヴィクトリア嬢の後ろ姿が見えた！

彼女の前には二十人近くの男女が居て、彼女に向かって罵声を浴びせている。

僕に目を向ける者も居ないぐらい、彼女に集中しているようだ。

いつも真っ直ぐなヴィクトリア嬢の姿勢が僅かに右に傾いている。

左足を庇っているのか？

まさか！　何かされたのか？

距離が縮まると見えてしまった。

ずぶ濡れの彼女が……

彼女の話し声も聞こえてきた。

あと少しまで近づいた時、一人の男子生徒が木刀を振りかぶった！

まさかそれを彼女に？

もう何も考えられなかった。二人の間に割り込み腕でガードした。

頭に少しだけ衝撃があった気がしたが掠った程度だ。

彼女の声に反応して振り向いて、ずぶ濡れで真っ青な彼女に上着を脱いで肩からかけた。血が出ているると教えてくれたけど、僕は男だからね、顔に傷が残っても大丈夫なんだよ？

僕の登場で、自分たちが何をしてしまったのか分かったのだろう。

だがもう遅い。

すでに僕の友人たちは一人一人に聞き込みをしてくれていた。

周りを見渡せば何人かこの状況を見物していたようだ。

こんな状態の令嬢を助けもせずにだ！

彼女に足首の怪我を指摘すると、驚いた顔をしていた。気付かれないと思っていたのだろう。

そして、ゴメンねと伝えて抱き上げた。

初めて触れた彼女は折れてしまいそうなほど細くて軽かった。

降ろしてくれと、自分で歩けると慌てる彼女。遠慮なんてしなくてもいいのに。

馬車に乗り込み、備え付けの毛布で包みそのまま彼女を膝に乗せて抱きしめた。

だって仕方ないだろう？

唇も紫色でガタガタ震える彼女を少しでも温めてあげたかったんだ。

もちろん下心などない！

王宮に着くなりルイス殿に奪われてしまったが、彼女は先に風呂で体を温めると言われれば、僕に出来ることはもうないと、ディハルト公爵に勧められるまま治療を受けた。

そこで腕の骨にヒビが入っていると言われた。痛みなんて言われるまで感じなかった。

治療後、兄上の執務室に呼ばれたリアム殿にはすぐに腕の怪我を見破られてしまったが、彼女には秘密にしてくれると約束してもらった。

頭の傷は見られたから隠しようもないけれど、それだけでも彼女は優しいから責任を感じてしまうだろう。

それにカッコ悪いじゃないか！

少し雑談をしているとルイス殿に抱かれてヴィクトリア嬢が入室してきた。

うん。顔色はマシになったね。

それから何があったのか、兄上が詳しい説明を求めた。

すると、彼女は経緯からあの場での会話を一言一句、口調まで真似て話してくれたから、ちょっと笑いそうになったことは秘密だ。

あと、マーガレット王女が含み笑いをしたことまで話し終わる頃には、ルイス殿とリアム殿の後ろには黒いオーラが見えた気がしたのは目の錯覚だと思う……。そう思いたい。

話し終わると、静かに僕たちの話を聞いているのかと思えば「兄様」ヴィー頭が痛いの」と言ってリアム殿に潤んだ瞳で抱きついていた。

その口調は幼く、甘える姿もなんとも愛らしい。

リアム殿はメロメロ顔で抱き上げ、ルイス殿は自分が抱き上げたかったかのように羨ましそうに見ているし、兄上は……うん、兄上はもの凄い衝撃を受けたような顔になっていた。

リアム殿に抱かれヴィクトリア嬢が退室したあとは兄上が大騒ぎし、ルイス殿には「王家には渡さない」とクギを刺された。

一日に二度も同じことを言われた。

……そんなこと言われなくても僕が一番分かっているよ。

僕にそんな資格がないことは分かっているんだ……

ヴィクトリア視点

完・全・回・復!!

もう足首も痛くないいし、普通に歩けるし、なんなら走ることも出来る。

捻挫してから十日間、熱が下がっても自力で歩くことを許されず、移動はすべて兄様たちのお姫様抱っこ……ホント甘いんだから！　さらに、様子見だと追加で三日間学院を休まされた。

そして今日、久しぶりに登校する。

今日は学院長に話があるお父様が送ってくれるそうだ。

ん～あの子たちの処罰は決まったのに何の話があるのだろう？

一昨日、チェルシーたちがお見舞いに来てくれて、最近の学院内のことを教えてくれた。

ここのところマーガレット王女の取り巻きたちが学院を休んでいること。

(ああ、公表されてないから理由を知らないんだ)

王女に侍っていた生徒もほとんど居なくなり、寂しそうにする王女にハイアー様が傍に寄り添うようになったこと。

ハイアー様の公開プロポーズを知っている人たちからは、彼の心変わりの早さを軽蔑されていること。

もう二人の関係を秘密にもしていないんだ……

でも、生徒たちも公認なら二人を邪魔する人も居ないだろうし、もう私に言いがかりを付けてくる人も居なくなるよね！

いくらドルチアーノ殿下が箝口令を敷いたと言っても、人の口に戸は立てられない。

多少何があったのか噂ぐらい流れていると思っていたんだけど、ハイアー様の耳には入っていないのね……彼には教えてくれる友達が居ないのかもしれない。

それからジュリアたちにはあの日何があったのかを簡単に説明した。

ずぶ濡れになる量の水を上からかけられたこと。

肩を押されて捻挫したこと。

マーガレット王女のデタラメを信じた人たちから言いがかりをつけられたこと。

木刀で殴られそうになったこと。

ドルチアーノ殿下が助けてくれたこと。

ドルチアーノ殿下が登場したことを聞き。顔色を悪くしていたマーリンたちも頬を染めていたが……チェルシーだけは「リアム殿なら返り討ちにしていたな。殿下もまだまだだな」と厳しい意見を述べていた。

そんな冷静なチェルシーが私は大好きだ。

言いがかりの元となったハイアー様と私の関係をチェルシーに説明した。

チェルシー以外は公開プロポーズも見ていたし、実際少しの間だけれど学院内でも私とハイアー様が仲良くしていたことも知っていたからその辺もチェルシーに説明すると、『はあ？　心変わりするにも早すぎるだろ！　だからリアム殿がボコボコに……ヴィー辛かっただろう？』と言ってきた。

そんな哀れんだ目で見ないで？

私は恋になる前に彼を見限っていたし、傷ついてもいないと言うと、みんなあんな男と縁が切れて良かったねと言ってくれた。

彼とマーガレット王女の逢瀬については話していないけれど、最近の二人の寄り添う姿を見ている彼女たちも何かしら思うところがあったのだろう。

で、その光景をお父様と見てしまった……

学院に着いて御者がドアを開ける前に、窓からマーガレット王女の肩を抱いて校舎に入って行くハイアー様を……

それを見たお父様は、口角は上がっているのに目が笑ってない……あら？　お母様が偶《たま》にする顔と同じね。

でも馬車から降りる私に手を差し出してくれた時には、いつもの優しいお父様の顔になっていた。

校舎に向かって歩く私とお父様を、男子生徒たちは尊敬の眼差しで見つめ、女性生徒は頬を染めて見ている子が何人もいた。

「あれが完成形なのね」って声も聞こえた。きっとお父様を見てルイス兄様やリアム兄様の未来を想像したのだろう。

だって兄様たちは二人ともお父様似だからね。

「何かあれば帰ってきなさい」と言ってお父様とは校舎の入口で別れた。

二年の教室のある階段を上るとチェルシーたちが待ってくれていた。

久しぶりの登校に少し緊張していたのか、彼女たちの顔を見てホッと安心の溜め息がでた。

お互い笑顔で挨拶してから教室に入ると、クラスメイトたちからも回復を祝う言葉をたくさんかけてもらえた。

中には気遣わしげに見つめてくる人が何人か……彼らは私が休んでいた理由を知っているのだろう。

それでも変わらない態度で接してくれるこのクラスのみんなが好き。

一時間目の授業が始まる頃には休む前と変わらない日常になっていた。

気付けば昼休憩の時間だった。

ここ何日間か退屈な日々を過ごしていたのだと実感した。

だって登校してからここまであっという間に時間が過ぎていたもの。

いつもの五人で食堂に向かっていると、少し先にドルチアーノ殿下とその友人たちが見えた。

お礼を言うなら今かも。

チェルシーたちにお礼を言ってくると言って、少し小走りでドルチアーノ殿下の名前を呼んだ。

「ドルチアーノ殿下」

あっ、頭の包帯取れてる！

立ち止まったドルチアーノ殿下に合わせて、友人たちもこちらに振り向いた。

「ドルチアーノ殿下、この間は助けていただきありがとうございました。殿下のお怪我の具合は如何でしょうか？」

「やあ！　久しぶりだねヴィクトリア嬢。僕の怪我なんて気にしないで。それよりヴィクトリア嬢はもう大丈夫なの？」

「はい！　この通り！」

「そうみたいだね。また君の元気な姿を見られて僕も嬉しいよ」

ん〜……だいぶ慣れたけど以前の殿下と比べると口調も態度も全然違うのよね〜。

ルイス兄様も、本来のドルチアーノ殿下は穏やかで優しい人だと言っていたけど本当だったのね。

「それとあの時、皆様にもご協力いただいたと聞きました。どうもありがとうございました」

ドルチアーノ殿下の友人たちに笑顔でお礼を伝えた。

「私たちは何もしていないよ」

まあ！　謙遜なさって！　皆様のニッコリ笑顔も爽やかだわ！

「っう……か、かわ……」??

「こんな近くで……」？？？

何やらぶつぶつ言っているけど何なんだろう？

そのままチェルシーたちが合流するまでドルチアーノ殿下たちと話していると「ヴィー！」と後ろから私の名を呼ぶ声がした……

振り向かなくても分かる。私を「ヴィー」と呼ぶ男はこの学院には一人しか居ない。

あっ、目の前のドルチアーノ殿下の眉間に皺が……

殿下の友人たちも私の後ろに目を向けたのが分かる。

はぁ、と小さく溜息を吐いて振り向けば、予想通りハイアー様が立っていた。

取り敢えず無難に挨拶だけはしとこう。

「ごきげんよう」

「……挨拶などどうでもいい！」

私が二週間近く休んでいたの知らないの？

……知らないのか。

知っていたらまずは体調を気遣う言葉が出るはずだもの。

「そうですか……何か私に御用でもありましたか？」

「噂は本当だったんだな！」

この間の件か？

でもなんでそんなに怒っているのよ！

「噂？」

「ああ、ヴィーが沢山の男を侍らせている阿婆擦《あばず》れだってな！」

あ、阿婆擦《あばず》れ？

「おい！　アレクシス！」

いいのよ、とドルチアーノ殿下を手で止めた。

「……どなたからそんな噂を？」

「マ……そ、そんなのは誰でもいい！」

ふ～んマーガレット王女ね。

「心当たりなどありませんが？」

「今も男を侍らしているではないか！」

お前が言うな！　しかも、相手はこの国の王子よ！

それにこんなに近くにいるのにいちいち怒鳴らなくても聞こえてるって！

他の生徒も見ているんだよ？

みんなの冷たい視線が向けられているのはアンタだよ？

「……素直に認めれば許してやったものを」

許してやる……だと？　何で話していただけで責められるのかな？

しかも！　赤の他人のバカに！

そろそろキレてもいいかな？

いいよね？

うん！　私が許す！

キレるまで……あと十秒！

カウント開始！

十・九・八・七……

「君がそんなことを続けるなら俺にも考えがある。あとで後悔するなよ！」

六・五まで数えたところで彼は背を向けて去って行った……

くそ！　カウント五秒にしておけばよかった!!

「ヴィクトリア嬢大丈夫かい？」

「「……ディハルト嬢」」

「皆様、お見苦しいところをお見せして申し訳ございません」

そんな同情した目で見ないで？

私、怒鳴られても意外と平気なの！　だって図太いからね！

私、ブラック会社で揉まれに揉まれた経験があるからね！

怒鳴られることなんて日常茶飯事だったのよ？

「大丈夫です！　それに後悔するのはあの方ですわ！　それよりも殿下たちのことまであのように言われ……申し訳ございません」

「ヴィクトリア嬢は何も悪くないよ。気にしないで」

「そうですよ。ディハルト嬢は被害者ですよ」

なんて優しいの、殿下とその友人たち！

あの子たちが言っていたように彼は私を自分の婚約者だと思っているのかもしれない。

それをマーガレット王女に言ったと……

なるほどね〜。

婚約者がいると思い込んでいるのに、マーガレット王女とイチャイチャするとか……

……ないわ〜。

なんだか彼がアホ過ぎて面白くなってきちゃった。可笑しくて笑っちゃう。

ふふふっ……帰ったらまた報告しなくちゃ！

ちょうどそこでチェルシーたちと合流したので、心配してくれる殿下たちに再度お礼を言ってその場で別れた。

結局私たちは食堂に向かわず、少し離れたカフェでランチをとることにした。

ここは何故だかあまり人気がなく、生徒の利用が少ないので、聞かれたくない話をするのに適した場所なんだよね。

「彼、終わったわね」

「ええ、ドルチアーノ殿下と優秀だと評判の方たち、それも皆さま伯爵家、侯爵家、公爵家のご子息をヴィーに侍る男だと言うなんて信じられない！」

「きっと一つのことしか見られない視野の狭い人だったのよ」

「ヴィーが次にアイツに絡まれた時は私が出る！」

アリス、ジュリア、マーリン、そしてチェルシー。

「ふふふっ、本当に愚かな人よね。いつ勘違いに気付くのかしら？　さあ！　あんな人のことは忘れて楽しいランチタイムにしましょう！」

彼はもうマーガレット王女しか見えていないようだ。

余談だがチェルシーたちも、ハイアー様が怒鳴りだした時に、あの場に来ていたそうで乱入しようとしたチェルシーを三人で必死に止めていたそうだ。

それからのハイアー様は、まるで私に当て付けるかのように学院内でマーガレット王女と過ごしている。歩く時は肩を抱いて、座ればピタリと寄り添い合い、校舎の陰では抱き合っている。

最近では生徒たちにも見慣れた光景となり、生徒たちが彼らを見る目は軽蔑の目から、呆れの目となり、とうとう誰もが素通りし目にもとめなくなった。

が、二人は周りの目がそんなふうに変わったことにも気づいていない様子。

いや〜仲良くしてるのはいいんだよ？

でもね？　二人してチラチラとこれ見よがしに私を見るのはなぜ？

自慢したいのか？　それとも嫉妬しろってことか？

‼　閃いてしまった！

乙女ゲームあるあるで二人の仲を婚約者が嫉妬して虐めるってやつ！

それか？　それを期待されてるのか？

いやいや、まさかそんな使い古された二番煎じ、三番煎じを？

婚約者でもない私が？

あ〜り〜え〜な〜い！

マーガレット王女の自国でのやらかしも、幽閉の話も聞いていたのにね。

それも忘れてしまったのか……

忘れてしまうほどマーガレット王女に惹かれたんだね。

本当に二人が思い合っているなら、これから訪れるであろう未来も耐えられるよね？

たとえ、行き着く先が何処だろうと……

既にこの国の下位とはいえ、貴族の子息子女はマーガレット王女の言葉を信じ、行動してしまった。その結果、貴族と名乗れる子は居なくなった……らしい。

だから、謹慎期間が過ぎても学院に戻ってくる子はいない。

お父様がディハルト公爵家当主として、どう動いたのかは知らされていないが、あの子たちの実家にも何かしら圧力をかけたであろうことは想像がつく。

厳しいようだけれどそれが貴族の世界。

あの子たちは貴族としての責任の重さや覚悟を軽く考えていただけ。

それは、ハイアー様にも言える。彼は侯爵家嫡男としての自覚が無さすぎた。

今はもう、社交界でもマーガレット王女と懇意にしていることが噂になっているそうだ。

沢山の高位貴族が集まった場での公開プロポーズ。

次期侯爵予定の子息から公爵家の令嬢へのプロポーズ。

その場に居た人たちの記憶に鮮明に残された熱烈なプロポーズ。

高位の貴族こそ、マーガレット王女が自国で何をしてきたのか知っている。情報は財産だからね。

もちろんハイアー侯爵、彼の父親も知っている。それでも彼を止めないのは……

アレクシス視点

なぜだ？　どうしてこうなった？　俺はどこから間違えていたんだ？

俺はずっと、ずっとヴィーを思っていたはずなのに……

十年かかってやっと、やっと念願叶ってヴィーに会えたはずなのに……

誰よりも大切な女の子だったはずなのに……やっと、やっと手に入れたのに……

俺はいつからヴィーとまともに話をしていない？

ヴィーはいつから俺の名を呼んでいない？

いつからヴィーは俺に笑顔を見せなくなった？

俺はいつからヴィーよりもマーガレット王女を優先するようになったんだ？

旧校舎に通うようになって、マーガレット王女の柔らかい身体を抱きしめ、口付けをするようになってからか？

いや！　マーガレット王女と旧校舎で会っていたことを、ヴィーは知らないはずだ。

それに、俺は口付けだけしかしていない。ただ……あの感触が気持ちよくて何度もしてしまっただけだ。毎日のように会っていたら情も湧くだろ？

いつも男女関係なく人気者だったマーガレット王女が一人ぼっちになったのを見て、放っておけなくなった。その原因がヴィーだとマーガレット王女から聞かされた。

ヴィーが取り巻きを使って嫌がらせをしてくると……

俺の知るヴィーはそんな卑怯なことはしない。

マーガレット王女に『ディハルト様はいつもたくさんの男性を侍らせて遊んでいるとお聞きしましたわ。そ、その、体の関係もあるとか……』と、そういう噂が流れていると教えられた。

『裏切られているアレクシスが可哀想』と、マーガレット王女が目に涙を浮かべて俺を抱きしめてきた。

それでも俺はヴィーを信じていたんだ。ヴィーはそんな下品な女じゃないと……

でも見てしまった。ヴィーが男に囲まれて楽しそうに笑っている姿を……

その中には婚約者候補を辞退した、もう何の関係もないドルチアーノ殿下までいた。

俺はずっとヴィーに騙されていたのか？

そう思ったら怒りに任せて怒鳴っていた。ヴィーがあんなに男好きだったとは思わなかった。

そんな女は俺には相応しくない。頭に過《よぎ》るのは〝婚約解消〟の文字……

それでも素直に過ちを認め、二度と男遊びをしないと誓うのなら一度だけは許してやってもいいと思っていたのに……

なぜ目の前のヴィーの左頬が赤いんだ？

なぜ俺の右手が痛むんだ？

俺は何をしてしまったんだ？

ヴィクトリア視点

あれ以来、ハイアー様が私に何か言ってきたことはない。

だけど、なんだかな〜。

相変わらず彼とマーガレット王女は人目もはばからずイチャイチャしてるのはいいんだけど、最近では彼の方がマーガレット王女にべったりのように見える。

別に気になって見ていた訳ではなく、マーガレット王女と校舎も階も同じだと結構二人に出くわしちゃうんだよね。

授業と授業の間の休憩も二十分もあるから、休憩の度にマーガレット王女に会いに来ているようだし、教室移動のときに見たくなくても目に入ってしまう。

それはいいんだよ。二人の世界に浸りだしてから結構長いからね。

ただ、この間見ちゃったんだよね。

それまでベタベタしていたのに、予鈴が鳴って自分の教室に戻る時のマーガレット王女の顔を……

あれは呆れている顔？

それともうんざりしている顔？

もう彼のことなど、どうでもよさそうな……

まるで彼のことを面倒だと思っているような……

とてもじゃないが好きな人と会ったあとの顔ではなかった。

多分、マーガレット王女は彼に飽きてきているのだろう。

でも、私と目が合ったと思ったら『ふふん』って聞こえそうな、自慢げな顔に変わったんだよね。

私に嫉妬して欲しかったのかな？

だからね、〝応援してるよ！　頑張って！〟の気持ちを込めて、笑顔で親指を立ててサムズアップしたらその途端、怖い顔で睨まれた。

いつまでマーガレット王女の遊びは続くのだろう？

彼が婚約者もいないフリーだと知ればどうなるのだろう？

王女だというのに、今は彼が一緒に居なければ一人でいる方が多い。

今のマーガレット王女の言葉に惑わされるとしたら、彼だけしかいないと思う。

あの怒鳴ってきた時もマーガレット王女の言葉を信じていたのだろう。

思い出したらムカついてきた！

人を阿婆擦《あばず》れ呼ばわりするなんて！

何が『素直に認めれば許してやる』だ！

何が『あとで後悔するなよ』だ！

私に言わせれば、お前がな！　だ！

でも、あの時ドルチアーノ殿下を含めた子息たちにも暴言を吐いたのに、彼にお咎めはなかった。

これも、王家の意向なのかな？

我が家なんて報告するなりお父様は憤怒の顔で何かを耐えているようだったし、リアム兄様とお母様は冷たく微笑んでいた。

そして、ルイス兄様は……殺人予告を呟いていた。

……彼、終わったわね。

もうすぐ冬季休暇に入る。

休暇が明けたら二ヶ月もしないうちに三年生は卒業するし、マーガレット王女の留学期間も終わる。


この学院にも卒業パーティーがある。

卒業生は強制参加だけれど、在校生は自由参加だ。

毎年、卒業生の婚約者だとか、身内だとか、憧れの人がいる在校生とかが参加しているらしい。

だから、別にエスコートがなくても参加は出来るし、友達同士での参加の方が多いと聞いた。

私も去年はリアム兄様のエスコートで参加するつもりだったのに、お父様とルイス兄様に反対されて出られなかったんだよね。

まてまて！

卒業パーティー‼

またまた閃いてしまった！

乙女ゲームでは卒業パーティー＝断罪！　が鉄板だった。

……いやいや、まさかね。

ここは乙女ゲームの世界じゃないもの。

兄様たちはマーガレット王女について「危険人物として陰からこっそり見たことはあるが、直接会ったことはない」と言っていた。

いくらマーガレット王女が婚約者がいる人や、恋人がいる人ばかりをターゲットにすると言われていても、うちの兄様たちを見たら……

うん、想像もしたくない。

そう思っていたのに、会ってしまったんだよね……

偶然でもなく、必然でもなく、彼がやらかしたせいで……

マーガレット王女視点

わたくしはトライガス王国の第二王女。

物心ついた時からわたくしは周りから大切に、大切にされてきたわ。

その筆頭はお父様。亡くなったお母様にソックリだと言われるわたくしに甘いお父様は、欲しいものは何でも与えてくれたの。

それが人だろうが、とても高価な物だろうが。

お母様はわたくしを産んですぐに亡くなったと聞かされた。

ご自分の命をかけるほどお母様に愛されていたと思えば、顔も声も知らないけれどこの世に産み出してくれたことに感謝したわ。

ふわふわとした淡いピンクの髪に、まるでルビーのように輝く赤い大きな瞳。

顔も小さく、少し垂れ気味の目も愛らしい。

か弱く儚く庇護欲をそそる見た目にも満足しているの。

それにね、困った顔をするだけで誰も彼もが、わたくしの願いを叶えようとしてくれるわ。

それなのに、お兄様だけはわたくしに厳しい。

わたくしには年の離れた王太子のお兄様と、二つ年上のお姉様がおります。

お兄様だけは、皆と同じようにわたくしを特別扱いしてくれなかった。

いつも王女としての振る舞いや、礼儀作法、勉学を怠るなと口煩《くちうるさ》く言ってくるの。

お姉様は……王太子であるお兄様にもしものことがあった時のスペア。

お父様も優秀なお兄様には目をかけていらっしゃるけれど、お姉様にはそれ程でもない。

お父様に甘えているわたくしを羨ましそうに見ているだけのお姉様。

勉強や礼儀作法の授業で遊ぶ暇も与えられていないお姉様。

お父様に相手にされないお姉様を、お兄様やお姉様の専属侍女たちがとても大切に慈しんでいることが腹だたしかったの。

『スカーレット王女様は優秀で素晴らしい』

『スカーレット王女様は慈悲深く優しい方だ』

『スカーレット王女様は淑女の鑑ですわ』

聞こえてくるお姉様の評価はとても良い。

だから、少し意地悪したくなって、お姉様の傍にいる専属侍女や家庭教師をお父様にお願いしてわたくしに付けてもらったの。

『お父様、わたくしから侍女を取り上げないで下さい。お願いします。お父様お願いします』

何度もお父様に頭を下げるお姉様を見ていたら今までにない愉悦を感じたわ。

その時からお姉様はわたくしの前では笑わなくなった。

もう、お姉様の傍には甘えを許さない侍女と厳しい家庭教師だけ。

でもお兄様だけは忙しい執務の間にわたくしには会いに来ないのに、お姉様には会いに行き優しい声で甘やかしているのを見てしまった。

お姉様もお兄様だけには笑顔を見せていた。

わたくしには厳しいクセに！

お姉様なんて少しも可愛くないのに！

わたくしに優しくないお兄様も、感情を見せなくなったお姉様も嫌い。

だからね。

お姉様の婚約者を奪ったの。

面白かったわ。

いつも澄ましたお姉様の顔が歪むのが。

その顔を見た瞬間、凄い快感が襲ったの。

お姉様の婚約者なんて、わたくしがちょっと甘えただけで婚約解消するって言い出すんだもの。

まあ、その為に純潔を散らしちゃったけれど、お姉様のあの顔が見られたんだもの、安いものよね。

すぐに捨ててやったけれどね。

でも、あの時の快感が忘れられなくて次々と婚約者のいる人や、恋人のいる人を落としていったわ。

その度に奪われた令嬢たちの泣き顔や悔しそうな顔が、わたくしにあの快感を与えてくれるからやめられなかったわ。

そんな時、隣国のカサンドリア王国からの留学生が剣術大会で優勝した。

そこでアレクシス様を見つけたの。

だからいつものように近づいたわ。

どうせ簡単にわたくしに落ちると思いましたのに……

今まで狙って落とせなかった男はいなかったのに、彼はわたくしに見向きもしなかった。

許せなくて、我儘を言って自国に帰国するという彼を追いかけて無理やり留学したわ。

そして考えたの。

気のないフリして彼からわたくしに近づいて来させようとね。

編入初日にアレクシスが連れていた女には正直驚いたわ。

光を反射する輝くような銀髪に、サファイアブルーの瞳の美しい令嬢だったの。

この美しい令嬢が悔しそうに顔を歪めるところを想像しただけでゾクゾクしたわ。

そして作戦通り彼は簡単に落ちた。

うふふ……また人の婚約者を奪ってしまったわ。

あとはあの美しい令嬢の悔しがる顔を見るだけ。

早く！　早く！

わたくしにあの快感を感じさせて……

きっと彼女はわたくしとアレクシスとの関係に気づいている。

それなのに見かける度に笑っているの。

わたくしは笑顔が見たいのではないわ！

だからね、わたくしの取り巻きを使ったの。

『彼と恋人同士だったのに引き裂かれたの』

『公爵家の力を使って嫌がる彼を無理やり婚約者にしたの』

適当な言葉で泣いて見せれば、あとは勝手に動いてくれるのは分かっていたわ。

そして、すぐに動いてくれたの。

頭から水を被った彼女はみすぼらしくて笑っちゃったわ。

それだけ見てアレクシスの待つ旧校舎に向かったの。

でも次の日からわたくしの取り巻きは学院に来なくなった。

あの後何があったのか誰も教えてくれない。

それどころか、わたくしの傍には誰も居なくなってしまったの。

よく考えてみれば彼女は公爵令嬢ですもの、親の力を使って取り巻きたちに制裁を加えるのは当然でしょうね。

でも、一人になったおかげでアレクシスがずっとわたくしの傍にいてくれるようになったの。

もう、隠れるように逢い引きすることもない。

もう今では公認の仲。

早く彼女に見せびらかしたいのに、なかなか彼女と会えなかったわ。

だからね、アレクシスにちょっとだけ嘘をついたの。今の彼ならわたくしを信じると思って。

『こ、婚約者の貴方には……知らせた方がいいと……思って……』

この時、申し訳なさそうに言うのがコツよ。

『ディハルト様はいつもたくさんの男性を侍らせて遊んでいるとお聞きしましたわ。そ、その、体の関係もあるとか……』と。

『はあ？』

あとは『裏切られているアレクシスが可哀想』って、慰めるように抱きしめてあげれば信じて終わり。

それからアレクシスを信じさせる絶好の場面に遭遇したわ。

彼女が以前婚約していたドルチアーノ殿下とその側近たちと楽しそうに話しているところよ。

怒ったアレクシスがその場で彼女を怒鳴ったわ。

でも決定的な言葉を言わなかったのは期待はずれだったわね。

『君がそんなことを続けるなら俺にも考えがある。あとで後悔するなよ！』

もう！　そこは婚約破棄するって言いなさいよ！

それからも、学院内でイチャついていたのに、彼女は何も言ってこないの。

普通なら自分の婚約者が、他の女と親密にしているところを見れば嫉妬するはずなのに彼女は苦言も言ってこない。

つまらない、本当につまらないわ。

旧校舎での逢瀬も続けて、その度にキスするだけ。

どんなに身体を密着させても、アレクシスはそれ以上先に進めようとしない。

こんなに長い期間一緒にいて、わたくしに身体を求めなかった男は今までいなかったのに……

お子様なアレクシスにも飽きてきたわ。

彼はわたくしに一途に愛されていると思い込んでいるの。

わたくしがアレクシスを追って留学してきたと思っているから。

彼はこの学院で再会した時から王女であるわたくしに偉そうな口をきく。

まるで〝仕方ないから相手してやるよ〟って口調で……

この男の相手をするのは彼女の悔しがる顔を見るまでなのにバカな男。

最近は彼女に見せつけるように彼がわたくしのクラスまで来るようになったの。

今日も休憩の度に会いに来る。

会えて喜ぶフリも、つまらない話に付き合うのも疲れてきた……

予鈴が鳴って彼がやっと自分の教室に帰っていく後ろ姿にため息が出る。

その時、彼女と目が合った。

やっと彼女の悔しがる顔が拝めると思った。

うふふっ早くその美しい顔を嫉妬で歪めなさい。

なのに……それなのに……こともあろうか彼女はわたくしに笑顔で〝頑張って〟とでも言うよう

にサムズアップをしたの。
あれは〝奪えるものなら奪ってみなさい〟ってことなの？
ムカつく！　ムカつく！　ムカつく！
バカにして！
すでにアレクシスは間違いなくわたくしに夢中だわ！
その美しい顔を屈辱で歪めてやる。
アレクシスを誘導してこの遊びも、もう終わりにするわ。婚約破棄させるの。
もうアレクシスにも飽きたし、そろそろ国に帰りましょう……
お父様も彼らもわたくしが帰ってくるのを待ちわびているはずだわ。
また、皆に可愛がられるお姫様に戻るの。そう思っていたのに……
計画通りアレクシスの口から彼女に向けて婚約破棄だと言わせたのに……
彼女の泣き顔が見られると思ったのに……
嘘でしょう？
わたくしが二度と祖国に帰れないなんて……
揶揄《からか》っているのでしょう？
ねえ、誰でもいい……嘘だと言って……

第九章　破滅の果てに

それは冬季休暇に入る前日だった……

私を含めてみんな休暇が楽しみで少し浮かれていたと思う。

今日は終業式ということもあり午前で学院も終わる。

ホームルームも終わりクラスメイトたちと休暇明けにまた会いましょうと、挨拶をして私たちは馬車止めまで歩いていた。

この日は前々からチェルシーたちと街に出てランチを一緒に食べる約束をしていたからね。

私たちは今から行く新しく出来た洋食屋の話で盛り上がっていた。

そこは他国で修業をしてきた旦那様が料理を、ケーキやお菓子は奥様が作っているらしく、味にも定評がある開店以来人気のお店なんだそうだ。

どんな美味しい物が食べられるのかワクワクしながら想像する私を現実に引き戻したのは、

「ヴィー！」と呼ぶハイアー様の大きな声だった。

またか……今度はなんなの。

彼の大きな声に反応して周りが私たちに注目した。

チェルシーにいたっては、すでに戦闘態勢に入っているようだ。

私はため息をついて笑顔を作ってから振り向いた。

そこには怒りを露わにしたハイアー様と、顔に大きなガーゼを貼ったマーガレット王女。

なに、あのガーゼ……

まさか、私にやられたとか言わないわよね？

「ヴィー見損なったぞ」

何を言い出すのかと思えば『見損なった』だと？

「……」

「いくら俺に相手にされていないからと言って、マーガレット王女に暴力を振るうなんて最低だな！」

言った～！

やっぱり言っちゃうんだ！

「やっておりませんが？」

もう、作り笑顔もいらないよね。

「そ、そんな！　昨日ディハルト様がわたくしを呼び出し……わ、わたくしに、アレクシスに……アレクシスに近づくなと仰って、わたくしが断ると……暴力を振るってきたではありませんか！」

嘘つきだとは思っていたけれど……

涙まで浮かべ、か弱そうな見た目を利用して周りからも同情を引こうとしているの？

「嘘ですね」

ハッキリ言ってやる。

「ハイアー殿！　いい加減にしろ！　昨日もずっと私たちがヴィーと一緒にいた！　貴方はマーガレット王女に騙されている！」

チェルシーったら我慢出来なかったのね。

「休憩時間もずっとハイアー様がマーガレット王女といたよな」

うんうん。

「そうよ。マーガレット王女とディハルト様が話しているところなんて見たことがないわ」

マーガレット王女が編入してきた日以来話したことがないからね。

「ディハルト様が一人でいるのも見たことないわよね」

いつもチェルシーたちといるからね。

「そうだよ。だから僕たち男は声をかけられないんだよ」

んん？

「放課後に二人で旧校舎の方に消えていったのを見たことがあるわ」

やっぱり見た人もいるんだ……

「公開プロポーズまでしたクセに」

おお！　誰も彼と王女の話を信じていないようだ。

「うるさい！　マーガレット王女本人がお前にやられたと言っているんだ！　それが真実だ！」

「はあ、真実ですか……」

「認めないのか？」

まだ言うか！

「ええ、やっておりませんから」

「たとえお前が阿婆擦《あばず》れでも二度としないと誓うなら許そうと思ったが……」

誰が阿婆擦《あばず》れだ！

今回はカウント三秒でいいよね。

カウント開始！

三
「そんなお前とはやっていけない！　婚約解消だ！　いや！　婚約破棄だ！」

マーガレット王女の口元が上がるのが見えた。

二・一……反撃だ〜。

「婚約の解消？　破棄？　それは出来ませんわ」

「……また、公爵家の力を使う気か？」

何を言っているんだ？

「はあ？」

「お前がどんなに俺に惚れようと無駄だ！　お前とは今日限りで婚約を破棄する！」

マーガレット王女の口角がさらに上がったわ！

でも残念。

「いえ、私とハイアー様は婚約などしていませんから、解消も破棄も出来ないと伝えたかったのですが……私とハイアー様が婚約？　それこそ有り得ませんわね」

　あら？　今度はマーガレット王女が口角を上げたまま固まったわ。

「嘘を言うな！」

「本当のことですわよ？　私、嘘は大嫌いですから。それに貴方と私は今ではただの顔見知り程度ですわ」

「……」

「公開プロポーズのあとはお友達としてお付き合いしておりましたが、旧校舎でハイアー様とマーガレット王女が抱き合い熱い口付けを交わすのを見てしまえばねぇ？」

「最低～」「クズだな」「ただの浮気男じゃないか」

　皆さんもそう思うでしょう？

「ふふふっどちらが最低なのでしょうか？」

「黙れ！」

「やめろ！　アレクシス！」

　またもやドルチアーノ殿下の登場か？　と思ったら、突然目の前がチカチカした後に頬にチリチリとした痛みが……

　女生徒の悲鳴と男子生徒の非難の声が遠くで聞こえる……

「「「ヴィー！」」」というチェルシーたちの声も……

私、彼に叩かれたの？

女に手をあげるなんて本当に最低ね！　痛みよりも腹立たしさの方が勝るなんてね！

「アレクシス！」

やっぱりドルチアーノ殿下だ。

「ち、ちが……俺は……」

自分の手と私を交互に見て呆然とする彼と、無表情のマーガレット王女。

「アレクシス！　言い訳は無用だ！　マーガレット王女と一緒にこのまま王宮まで来てもらうよ」

なんで王宮？　それに、マーガレット王女も？

「それにヴィクトリア嬢も一緒に……」

振り向いて私の顔を見たドルチアーノ殿下の目が見開かれた。

うん、少し腫れているかもね。

頬は痛いが私は冷静だ！

だって図太いからね！

「血が出ているじゃないか!!」

そう言って駆け寄ってきたが、伸ばしてきた手は私に触れる前におろされた。

言われてから鉄の味がしてきた……

持っていたハンカチで口を拭くと本当に血がついていた。

女の顔を血が出るほどの力で叩くとは！

アレクシス許すまじ!!

ドルチアーノ殿下もさすがに今回は口止めは無理だと思ったのか、「良き休暇を」と言っただけだった。

呆然として動かないハイアー様をドルチアーノ殿下の友人たちが引き摺るように馬車に乗せた。

無表情のマーガレット王女も彼と同じ馬車で先に王宮に向かったようだ。

結局私も王宮に行くことになったんだけれど、ドルチアーノ殿下の馬車に乗るまではチェルシーたちがついてきてくれた。

乗り込む時にチェルシーの「あいつ死んだな」って呟きは私には聞こえなかった。


ドルチアーノ殿下が私の頬を見る視線が痛いわ。

「だ、大丈夫かい?」

「はい」

怒りに闘志を燃やしているからね、多少の痛みは大丈夫なんだよ!

そんなことよりも!

許すまじ! 許すまじ! アレクシス許すまじ!

念仏のように唱える今の私は、きっと般若のような顔になっているはずだ。

どうしてやろうか?

平手一発で終わらせるつもりは無い!

二倍？　三倍？　……いや！　十倍返しだ！

当然でしょう？

女に手をあげるなんて最低だ！

向かいに座るドルチアーノ殿下の方が、痛みに耐えているような顔になっている。

「王宮に着いたらすぐに冷やしてあげるからね」

馬車に乗る前にアリスが濡れたハンカチを渡してくれたし、今はそれほど痛くはない。

「そっ……んなに痛くないので大丈夫ですよ」

でもさっきは痛かった……

それもこれもアイツのせい！

アレクシス許すまじ！

ブツブツ恨みごとを言う私が余程不気味なのか、ドルチアーノ殿下はもう何も言わなくなった。

それよりもなぜ私まで王宮に行かなければならないのか……

彼のことはお父様に任せればいいと思うんだけどな。

公衆の面前での暴力だもんな〜。

慰謝料とか請求することになるだろうし、以前水をかけた子も肩を押した子も……あの時の子たちは全員貴族籍を抜けさせられたと聞いた。

侯爵家嫡男の彼もそうなるのかな？

一人息子なのに跡継ぎ問題とか出てきそうだけど……

そんなことは私には関係ないよね。まあ、その辺もお父様にお任せしよう。

マーガレット王女も彼と一緒に連れて行かれたってことは……

もしかしたら彼女はすでに王女では無いのかもしれない……

「……リア嬢、……クトリア嬢」

ん？　気付けば目の前のドルチアーノ殿下が私の名を呼んでいた。

考えごとをしている間にもう王宮に着いたのね。

「早く冷やそう？　腫れが酷くなってるよ」

そうなんだ……だからそんなに心配そうな顔をしているのか。

「っ、ありがとうございます」

突然ドアが勢いよく開いたと思ったら、私の顔を見て「ヴィー！」と叫び、一瞬泣きそうな顔になったルイス兄様が馬車に乗り込んできたかと思えば、スっと私を抱き上げ歩き出した。

何がなんだか分からない……

「っ、兄様、ルイス兄様！」

「うちの可愛いヴィーによくも！　許さない！　絶対にアイツは許さない！」

ルイス兄様のこんなに怒った顔なんて見たことがない……

「……兄様」

「ヴィー大丈夫だよ。ちゃんと元の可愛い顔に戻るからね、安心しなさい」

優しく微笑んで言ってくれるけれど、ルイス兄様が怒りに耐えていることが分かってしまう。

私ってそんなに酷い顔になっているの？

怖いんですけど！

ちょっと心配になってきた。

「だいぶ腫れていますが、外傷もありませんし綺麗に治りますよ」

「「はぁ～～」」

後ろからルイス兄様とドルチアーノ殿下が、安心したように大きく息を吐いたのが聞こえた。

よかったよ～、本当によかったよ～。

医務室の入口にあった鏡を見た時はマジ気を失いかけたわ。

「今は赤く腫れているけれど、明日には青アザになっているでしょう」

そう言って前世でいう湿布を頬に貼ってもらった。

「ヴィー、あとは兄様に任せて今日は帰りなさい」

ルイス兄様が気づかってくれているのは分かるんだけどね、ハイアー様には自分が何をしたのか分からせたくて、無理を言って彼に会わせてもらえるように頼んだ。

私がお願いポーズをすると渋々、本当に渋々ルイス兄様は「少しだけだぞ」となんとか聞き入れてくれた。

なぜかドルチアーノ殿下もついてきて、ルイス兄様が案内してくれた部屋は、前回通された王太子殿下の執務室でもなく、スカーレット王女が忠告してくれた時に使用した部屋でもなく、ソファセットがあるだけの簡素な部屋だった。

部屋には王太子殿下と、俯いたハイアー様と、ハイアー様に似た男性がいた……きっとあの方が彼のお父様ね。

私の顔を見た王太子殿下は驚いた後に彼を睨みつけた。

そして男性の方は「私はハイアー侯爵家当主カルロと申します。誠に申し訳ございませんでした。ディハルト嬢」と悲痛な顔で頭を下げた。

その言葉に反応してハイアー様が顔を上げて私を見るなり言ったのが……

「ヴィー！　お、俺はマーガレット王女が帰国するまでの相手をしていただけなんだ！」

この顔を見て最初の言葉が言い訳とはね。

ルイス兄様、恐ろしいお顔になっているよ。

「……」

「マーガレット王女が帰国したらヴィーを大切にするつもりだったんだ」

なんだそれ。呆れたのは私だけではなく彼以外の全員だろう。

「……」

「だってヴィーは俺の婚約者だろ？」

この人頭おかしいの？

婚約していないって教えてから、まだ二時間も経っていないんだけど……

自分に都合の悪いことは頭に入らないの？

それとも、思い込みが激しいだけ？

「さっきから言っているだろ！　お前とディハルト嬢は婚約関係ではない！　何度言えば分かるんだ！」

「父上！」

「……お前は本当に母親にそっくりだな」

そう言って、ハイアー侯爵は疲れたようにため息を吐いた。

「はあ？　俺は父上に似ているとよく言われますよ」

「父と呼ぶな……お前は私の子ではないのだからな」

ハイアー侯爵のその言葉に部屋の中は静まり返った……

最初に言葉を発したのは王太子殿下だった。

「どういうことか説明してもらえるか？」

「はい」

ハイアー侯爵様の隣では俯いて「嘘だ、嘘だ、嘘だ」と同じことを呟くハイアー様が……

……ハイアー侯爵様はそんな彼を視界に入れず、覚悟を決めた顔で大きく深呼吸をしてから話し始めた。

「私には一つ上のボルドーという名の兄がいました。もう本当にどうしようもない兄で、賭博も女遊びも酒も成人する前には覚えていましたよ」

「最初は女遊びも娼館通いだけだったんですよ。まあ、それも問題なのですが……」

「両親は幼い頃から嫡男の兄には甘かったですからね。それも若いから仕方ないと許していたのです」

「それが段々と、仕事と割り切った娼婦では満足出来なくなったのでしょう。最初は平民に手を出したそうです」

「そして学院に入学すると……令嬢が寄ってくるんですよ。侯爵家の嫡男ですし見目も愛想も良いですからね……今度は後腐れのない令嬢と遊び始めたんです」

「既にその頃には遊び慣れていた兄は女性をその気にさせることも上手かったそうです。……アレクシスはその兄と見た目はそっくりです」

確かに彼はイケメンよね。この顔で口説かれたらその気になってしまうのは分かる。

「さすがの兄も高位貴族の令嬢には手を出しませんでしたが……」

「その当時、兄にも婚約者がいたのですが……当然兄の行いは婚約者の耳にも入り婚約を破棄されました」

そりゃあそうよ。

「我が家は高額な慰謝料を支払うことになり、やっと両親も危機感を持ったようで、卒業まで兄に監視をつけ休日は外出を禁止しました」

遅いって！

「それからは兄は嘘のように大人しくなりました。ですから両親も安心したのでしょう。家の中限定で兄を自由にしていましたからね」

「……当時私にも婚約者がいました。子爵家の次女、それが妻です」

この話の流れだと……

「彼女とは私の卒業後に婚姻する予定でした。彼女とは政略結婚ですが、尊重しあえる夫婦になれればと思っていました」

「私も彼女には兄に近づくなと忠告していましたし、彼女も兄が遊び人だと知っていましたよ」

「なのに……婚姻式の間際に彼女から告白されたのです」

『わたくしのお腹の中にはボルドー様のお子がおりますの。貴方とは仕方なく結婚はしますが、わたくしの心は生涯ボルドー様のものです。この子はボルドー様とわたくしが愛し合っている証拠ですわ』

「あれほど忠告したのに私に対して申し訳ない様子も無く『彼は本気でわたくしだけを愛してくれていますの』と言いました。それが兄の口説き文句だと言っても『わたくしだけは違う』と聞く耳を持ちませんでした」

「結局、揉めましたが両家で話し合い、私の子として認知することになりました」

「それに怒ったのは前侯爵の祖父で兄を廃嫡したのです。まあ、今までのことがありましたからね」

「妻は兄が追い出される時に『必ず迎えに来るからね』と適当に言った言葉を鵜呑みにして、今も信じて待っているんですよ」

「ですから兄のようにならないようにアレクシスが真面目な子になるよう、横道に逸れないように大切に育てたつもりだったんです」

「ディハルト嬢をずっと思い続けるアレクシスに妻を見ているようで不安になり、留学までさせたのに……結局は裏切り、暴力まで振るってしまいました」

「本当に申し訳ございません。アレクシスは廃嫡します」

…………なんて言ったらいいのだろう。

「嘘だ！　俺の本当の父親がそんな最低野郎だなんて嘘だ！　そんな男と俺を一緒にするな！　母上が父上を裏切ったなんてそれも嘘だ！　俺は父上の息子だ！　それに俺はマーガレット王女と肉体関係はない！　口付けをしただけだ！」

「お前さぁ、ヴィーに婚約の申し込みをしといて、他の女にキスするのは裏切りではないと言うのか？　それを世間ではお前の母親がしたことと同じ浮気と言うんだ！」

突然怒鳴り出した彼の胸ぐらを掴むルイス兄様。

「あれほどマーガレット王女には警戒しろと忠告されていて、まんまと引っかかりやがって！　あの王女のせいで何人が家族から見捨てられたのかお前は知っているのか？」

ルイス兄様の迫力に何も言えなくなったハイアー様に、マーガレット王女の嘘で私が何をされたのか一から話して聞かせた。

今回の私に叩かれたと言う、マーガレット王女の頬には傷一つないことも……

「ヴィーがそんな目に遭ったことなんて知らない……それにマーガレット王女がヴィーに叩かれたと言ったんだ」

「確認したのか？　マーガレット王女がどんな女か知っていただろ？　お前はヴィーよりもマーガ

レット王女を信じたんだ。二度とヴィーには近づくな」

「嫌だ！」

「『嫌だ！』じゃないんだよ！　ヴィーの顔を見ろ！」

「え？　ヴィー？　なんでそんなに頬が腫れているんだ？」

「「お前が殴ったからだろ！」」

ルイス兄様だけでなく、王太子殿下とドルチアーノ殿下の声も重なった。

「……お、俺はそんなに強く叩いていない」

叩いたことは記憶にあるくせに謝りもしない。

いくら勉強が出来ても、賢くはない人だったんだ。

十倍返しするつもりだったけれど、もう彼には関わりたくない。


「……疲れました。私はもう帰ってもよろしいですか？」

もう、彼が分からない。

彼は自分のことばかりで、人の気持ちが理解出来ない人なのかもしれない。

「ああ、アレクシスの処罰は宰相の公爵も交えて話し合うから、帰ってゆっくり休めばいい」

お父様は陛下と一緒に貴族会議に出席していて、まだ今日のことは知らせていないってルイス兄様が教えてくれた。

その警備にリアム兄様が付いているから、リアム兄様も知らされていないらしい。

ルイス兄様は私と一緒に帰ろうとしたんだけど、マーガレット王女のことで話があるとかで、王太子殿下に引き止められてしまった。

そっちの方が大変そう……

まだ何かをブツブツ言っている彼のことは無視して、王太子殿下とドルチアーノ殿下、ハイアー侯爵様に挨拶をして部屋から出ようとしたんだけどね、頭からルイス兄様の上着を掛けられ、またお姫様抱っこされた。

「こんな顔のヴィーを見られたら憶測で変な噂が流れるかもしれませんので、馬車まで送ってきます」

「そうだな。なるべく早く帰ってこいよ。ヴィクトリア嬢も暫く痛むだろうから無理はするなよ」

上着のせいで顔は見えなかったけれど、王太子殿下にお礼を言ってから退室した。

「一人で帰らせることになってごめんな、ヴィー」

私を馬車に乗せると、ルイス兄様が謝ってきた。

「いいの、ルイス兄様はお仕事だもの」

「会議が終わったら父上とリアムにも伝えとくから後は任せろ」

「……はい。お願いします」

どんな罰が与えられたとしても、もうハイアー様と会うことはない……と思う。

てか、会わなくていいし、会いたくない。

大変だったのはここからだった……

邸に到着し、執事と使用人たちにエントランスで迎えられて、ルイス兄様の上着を取った途端に、数人の使用人から「「「キャー お嬢様！」」」と邸に響き渡るほどの悲鳴があがった。

そして、騒ぎを聞きつけたお母様が私の顔を見て倒れそうになるし、落ち着いてからは説明を求められるし、説明している間に王宮で話を聞いたお父様とリアム兄様が急いで帰ってきて、お父様は怒りで震えるし、リアム兄様は「ヴィー待っていてね。アイツを殺してくるからね」と笑顔で物騒なことを私に告げて、二人が王宮に引き返して行くまで騒ぎは続いた。

今日一日で私の疲労はＭＡＸだったようだ。

侍女にお風呂に入れてもらって、ベッドに入るとすぐに眠気が襲ってきた。

だから私の寝顔を見てお父様や兄様たちが、悔しさに震えていたことは知らなかった……

マーガレット王女視点

冬季休暇に入る前日……何時ものように、朝からアレクシスがクラスまでわたくしに会いに来たの。

来るのが分かっていたから、顔にガーゼを貼って俯いて怯えているように演技して、あとは心配するアレクシスに「アレクシスに近づくなとディハルト様に脅されて叩かれた」と言うだけ。

それだけでアレクシスは確認することもなく、わたくしを信じたの。

単純過ぎてつまらない男。わたくしの計画通り、アレクシスの口から彼女に婚約破棄を言い渡したところまではよかったのよ。

たくさんの生徒たちの前で恥をかかせ、悔しがる顔が拝めると思っていたのに……

なのにアレクシスと彼女が婚約していなかっただなんて！

アレクシスだけが婚約を結んでいたと思い込んでいただけだなんて！

こんな退屈でつまらない男に、わたくしの貴重な時間を無駄に使わされたと思うと、腹立たしさと屈辱でこの場を一刻も早く去りたくなった。

しかも彼女にわたくしとアレクシスの関係をここで暴露されるだなんて……

周りからはわたくしたちを批判する声しか聞こえない。

アレクシスとは顔見知り程度の関係だと彼女は言った……

その瞬間、わたくしがアレクシスを落としたことが無駄になってしまったの。

彼女の挑発的な態度ともの言いに、まさかアレクシスが彼女を叩くなんて思わなかったわ。

彼女は頬を真っ赤に腫らして、口の端からは血が出ていた……

いくら何でも女性に手をあげる？　これだけ目撃した生徒がいたら、もう言い訳も通用しない。

アレクシスが婚約破棄したら、とっとと彼を捨てて自国に帰る予定だったのに……

呆然とするアレクシスと同じ馬車に押し込められて王宮に連れてこられてから、彼と別れてわたくしだけが客室に閉じ込められている。

その時に医師に頬に貼っていたガーゼを外されて、診察されてわたくしの嘘がバレてしまったの。

この王宮の、わたくしの為に用意された離れに戻りたいと言っても、この部屋についている侍女も、騎士も「もう暫くお待ち下さい」としか言わないの。

きっとアレクシスに事情を聞いているのだと思うけれど、トライガス王国の王女である、このわたくしを何時間も待たせるなんて失礼だわ！

元々予定よりも早く帰国するつもりだったけれど、アレクシスが手をあげたのは公爵令嬢だもの、わたくしの嘘がバレた以上強制的に帰国させられることになると思うわ。

結局この日、この客室を訪ねてくる者はいなかったの。

それどころか、この日から六日間訪ねて来る者もおらず、客室から出ることも許されなかった……

ルイス視点

あの日、知らせを聞いて急いで城門までヴィーを迎えに向かった。

ちょうどその時、アレクシスとマーガレット王女の乗った馬車が到着したのが遠目からも見えたのだが……

生気を失ったようなアレクシスと不機嫌さを隠しもしないマーガレット王女が、馬車から降りてくるところだった。

そのまま二人は別々に連れて行かれたが、学院でアレクシスがヴィーに何をしたのか報告を聞いていた私は、すぐにでもアレクシスを問い詰め報復をしたい気持ちをおさえた。

それよりも今はヴィーだ。

アレクシスが自分の都合のいい様に思い込んで、何も悪くないヴィーが殴られた……

あの小さくて可愛らしい顔を……男の手で殴られたんだ！

痛かったはずだ……

怖かったことだろう……

想像しただけでも怒りで手が震える。

待つ時間をもどかしく思っていると、ヴィーとドルチアーノ殿下を乗せた馬車が到着した。

急いでドアを開けて見たヴィーの頬は、赤く腫れ上がっていた……

どれほどの力で殴られればこれほど腫れ上がるのか……

急いでヴィーを抱きかかえて医務室に向かった。

診察の結果、あとも残らず綺麗に治ると聞いてやっと安心出来た。

だからといって、アレクシスの行為を許せるものではない。

悪意からヴィーに水をかけた娘も、肩を押してヴィーに怪我をさせた娘も除籍された。

ヴィーを木刀で殴ろうとした男は、廃嫡されて利き腕を切断されてから男娼として鉱山に送られた。

力仕事が出来ないのだから仕方がない。

なら、腫れるほど殴ったアレクシスは？

ヴィーは治療後すぐに邸に帰らせるつもりだった。

だが、ヴィー本人に「彼にこの顔を見せて自分が何をやったのか分からせてやりたい」と腫れても可愛い顔でお願いされて、願いを聞いてしまった。

結果は……

ヴィーの腫れた顔を見ても謝ることもせず、アレクシスは自分の都合のいい言葉ばかりを吐く。

何がマーガレット王女が帰るまでだ！

何がマーガレット王女が帰ったら大切にするつもりだっただ！

アレクシスの言葉に皆が呆気に取られていたところに発せられた、ハイアー侯爵の思いがけない言葉に部屋は静まり返った。

話を聞くと、一番不憫なのはハイアー侯爵だがアレクシスはそれも認めない。

コイツは都合の悪いことはすべて認めない。

それどころか見えてもいない。

だからヴィーの顔が腫れていることを指摘されるまで気付きもしなかった。

それも、なぜ腫れているのかも理解していない。

ここにきてアレクシスの異常性が顕著に現れた。

ヴィーもアレクシスに何も言えないほど呆れたようだ。

もう、帰ると言うヴィーを送って部屋に戻った。

そこではアレクシスに対する処罰を、王太子殿下とハイアー侯爵が話し合っていた。

その時、貴族会議が終わって伝言を聞いた父上とリアムが部屋に入室してきた。

「アレクシスよ、甘い処罰になることは無いと肝に銘じておけ！」

全てを聞いた父上とリアムは、ヴィーの様子を見に一度帰って行った。

次に戻ってきた父上とリアムはアレクシスを今にも殺してしまいそうな顔だった。

私も二人と同じ気持ちだ。

それから王太子殿下を中心に、ハイアー侯爵に反対されることもなくコイツに与える罰が決まった……

私たちの話の間中、青い顔でずっとガタガタと震えていたアレクシスは分かっているのだろうか？

この結果を招いたのは誰のせいでも無く自分だということを……

すぐにアレクシスへの処罰の手配を済ませた。

これでコイツは二度と外の世界に出ることは出来ないだろう。

あとはマーガレット王女だ……

だがそれにはもう少し時間がかかりそうだ……

今はまだ放置でいい。

優しいあの子はこんな結果を望んでいなかっただろう。

ヴィーのことがなくても、私は長い間あの子を傷つけ悲しませてきたマーガレット王女を、幽閉するだけで済ますつもりは無い。

マーガレット王女はやり過ぎたんだ。

恨まれすぎている。

この国に留学してこなくてもあのまま幽閉されることは決まっていたのだ。

幽閉するのはマーガレット王女を守るためでもあったのだが……

それなのに、他国に来てまで公爵令嬢を相手に問題を起こした。

今ごろトライガス王国でマーガレット王女を庇っていた男は、権力を失っていることだろう……

因果応報とはよく言ったものだ。

マーガレット王女が絶望するまであと少し……

マーガレット王女視点

客室に閉じ込められて五日目。

客室の扉を軽く叩くノックの音がした。

ようやく解放される……部屋に付いていた侍女が扉を開けると入ってきたのは……よく似た美形の男性が二人。

兄弟かしら？　欲しい……

この方たちは、わたくしの知っている美形とは比べ物にならないほどレベルが高い。

一人はキリリとした顔立ちに、服の上からも分かる鍛えられた身体。

もう一人は穏やかで優しそうな顔立ちに、細身だけど引き締まった身体。

それに二人とも長身で、佇まいだけで高位の貴族令息と分かる。

ただ……どちらも銀髪にサファイアブルーの瞳。

(あの子と同じ色……)

まさかね？　あの子の関係者だとしたら……わたくしの印象は既に悪いかもしれない。

でも大丈夫。

アレクシスだって最初は冷たい目でわたくしを見ていたわ。

それが熱の篭った目に変わるのはすぐだったもの。

この二人……どちらも捨て難いわ。先に狙うのなら……

「アンドリュー王太子殿下がお待ちです。マーガレット王女をご案内させていただきます」

わたくしったら、挨拶もせずに二人に見惚れていたみたい。

「はい、よろしくお願い致します」

怯えたように小さな声で返事をするわ。それだけで、大抵の男はこの見た目のわたくしに騙される。

か弱そうに見えて庇護欲をそそるでしょう？

「……どうぞこちらへ」

え？　期待していた反応ではないわ。

いつもなら蕩けるような顔になったり、赤面したりするものなのに……

これぐらいで落ちるような簡単な男たちではないのね。

面白いわ。

でも、エスコートをしないところは減点よ。

しずしずと素直について行くと、会議室のような部屋に案内されたの。

部屋には王太子殿下のアンドリュー様と、とても素敵なおじ様がいたわ。

アンドリュー様の後ろにはキリリとした顔の男性が、素敵なおじ様の後ろには優しい顔立ちの男性が付いていたわ。

そこなら、わたくしの可憐な顔がよく見えるでしょう？

「呼び出してすまないな。マーガレット王女」

「いえ、王太子殿下のお呼びですもの、構いませんわ」

ここで、はにかむ様に微笑むのがポイントよ。

「まあ、座ってくれ」

促されるままソファに座ったけれどお茶も出てこないわ。

「すぐに本題に入るが構わないか？」

「ええ構いません」

「……まず、トライガス王国のバレリオ王太子殿下、つまり君の兄上が国王に即位することが決まった。そして現国王は退位し、離宮に生涯幽閉されることが議会で満場一致で決定された」

……今、アンドリュー様は何と言ったの？

「え？」

「もう、トライガス王国に君を庇う人はいない」

「……そ、そんなことはありませんわ！　そ、それにお父様が退位ですって？　何かの間違いではありませんの？」

お父様はまだ若いのよ。退位するには早すぎるわ。

それに、わたくしはみんなに愛されているもの。お願いすれば誰だって庇ってくれるわ。

「君は自分の欲望のために人を傷つけ過ぎたんだよ。婚約者を奪い令嬢たちを傷つけた。そうまでして手に入れた男もすぐに捨てた。その男たちにも恨まれている。貴族の結婚は家同士の契約だ。それを反故《ほご》にした彼らは貴族社会の中で信用を無くし、居場所が無くなった。君は彼らの人生まで奪ったんだ。恨まれて当然だろ？」

なぜアンドリュー様がそのことを知っているの？

「……」

「君が繰り返す行いを咎めもせず、野放しにした現国王はその責任を取らされて退位するんだ」

わたくしはただ楽しく遊んでいただけよ？　そんな些細なことでお父様は国王の座をお兄様に奪われると言うの？

「そして……今の君は王族籍を剥奪された平民だ」

「う、嘘よ！　わ、わたくしが平民だなんて嘘ですわ！」

アンドリュー様はわたくしを揶揄《からか》っているのよ。

「平民の君がトライガスに帰ったらどうなるんだろうね？　令嬢たちの家族も、子息たちも恨んでいるようだからね～命があればいいいな」

そんなことを笑って言うアンドリュー様は残酷な方なんだわ。

「もう王女では無い君を、この王宮に滞在させる訳にはいかない。うちの国民の税を君に使う訳にはいかない。今日中に出て行ってもらう」

無理よ！　どこに行けばいいのよ！

「ああ、君の取り巻きたちはヴィクトリア嬢に危害を加えて全員除籍になったぞ。その家族にも君は恨まれている」

待って、あの子たちが登校しなくなったのは除籍になったからだったの？

じゃあアンドリュー様が言っていることは本当なの？

「お、お兄様ならわたくしを助けてくれますわ！」

「ははは、バレリオ殿下は君に何度も忠告していたそうだな？　トライガス王国にとっても、ここカサンドリア王国にとっても君の存在は害悪でしかない……必要のない人間だ」

わたくしはみんなから大切にされてきたわ。必要のない人間ではないわ！

「だから、今度は君が捨てられたんだ」

嘘よ！

「それとバレリオ殿下は君が帰ってきたら、君を恨んでいる者たちに引き渡すそうだ。さて、どんな惨い目に遭うかな？」

そ、そんな……そんな場所には帰れない。

もう、遊びはやめるから……

もう、男を奪ったりしないから……

だから、だからお願い誰か……誰か助けて！

待って……この人たちなら助けてくれるかもしれない。

だって今のわたくしは可哀想でしょう？　守ってあげたくなるでしょう？

「……お、お願いします。わたくしを助けて下さい」

目を潤ませ上目遣いでお願いするの。これが通用しなかった人は今までいなかったわ。

ほら、早く助けると言って。

「自己紹介がまだだったね」

今まで黙って会話を聞いていた素敵なおじ様が、優しく微笑んで声をかけてくれたの。

この方なら助けてくれるかもしれないわ！

「私はディハルト公爵、ヴィクトリアの父親だよ。随分とうちの娘が世話になったね」

嘘でしょう？　父親ですって？

「私はディハルト公爵家嫡男のルイスです」

あの子の兄ですって？

「僕はディハルト公爵家の次男リアムだよ」

この人もなの！

彼らがあの子の兄だと知っていたら、アレクシスなんかに執着せずにヴィクトリアと仲良くしていたわ。

そうしたら今ごろ二人のどちらかを手に入れられたのに……

……無理だわ。この人たちはわたくしを助けてはくれない。

だめよ、震えないで、わたくしは王女よ！

みっともない姿を見せる訳にはいかないわ！

「さて、君はどうするんだい？」

「ど、どうとは……」

「王女ではない君をここには置いておけないと殿下も仰っていただろう？　この部屋から出たら君は着の身着のままこの王宮から追い出される。行き先はあるのかい？」

あるわけないじゃない！　だから助けを求めたのよ！

でも、二人のどちらでもいいから欲しいわ。

この部屋から出される前に何とか気を引かないと……

狙うならルイス様一択ね。

彼は次期公爵様だもの。

今と生活はさほど変わらない筈だわ。

それにあの子だって何《いず》れはお嫁に行くもの、少しの間だけ媚びればいいだけよ。

考えるのよ。チャンスは限られているわ。国にはもう戻れない……頼れる人もいない……

それにこの国でも恨まれているなら、見つかれば殺されてしまうかもしれない。

王女として何不自由なく育ったわたくしは外の世界では生きていけない。

そんなことは分かっているわ。誰かに頼るしかないの。

「ご迷惑はお掛けしません。だから、お願い致します。ディハルト公爵家に置いていただけませんか？」

目を潤ませてルイス様を見上げるわ。

ほら、庇護欲がそそられるでしょう？

「うちには君が陥れようとした可愛い妹がいる。君の嘘のせいで妹がアレクシスに何をされたか、その場に居た君は知っているだろ？」

……忘れていたわ。

「あれは、アレクシスがやったことですわ」

ルイス様が無理なら優しそうなリアム様ならどう？

「そうだね。でもその前にも僕たちの可愛い妹は、君の取り巻きたちに怪我を負わされたんだよ？彼らも君の嘘が原因で廃嫡されたよ？」

どう言えばいいの？

何をすれば……

「お願いします。何でも致しますわ」

〝何でもする〟この言葉は魔法の言葉よ。

きっとルイス様とリアム様の頭の中は、わたくしを自由に出来ると色々なことを想像しているはずだわ。

「私は昨日婚約したばかりだ。彼女と君を会わせたくない。可愛くて優しい彼女を私は蕩けるほど甘やかすつもりだ」

まだこれでもダメなの？

そんなのまた奪ってしまえばいいの。

「まあ、君をうちに連れて行くことはないから他を当たりなさい」

父親の方は頭が固いわね。

「僕たちは可愛いヴィーを傷つけた君を受け入れない。そんな君でも受け入れてくれるとしたら……」

誰？　誰なら面倒を見てくれるの？

「アレクシスだけだね」

アレクシス？

もう彼のことは飽きてるのに……

でもアレクシスは侯爵家の嫡男だったわ。

彼のところに行くのもいいかもしれないわ。

「彼にはもう君しかいないから大切にしてくれるさ」

そんなことは当たり前でしょう？

だってアレクシスはわたくしに夢中だもの。

ほとぼりが冷めるまではアレクシスを利用させてもらうわ。

彼も顔だけはいいもの。

頑なに口付けだけしかしなかったアレクシスも、一緒に住めば間違いなくわたくしを求めてくるわ。

経験のない彼があの快感を知れば、さらにわたくしに夢中になるでしょうね。

それに今はアレクシスに頼るしかないわ。

「分かりました。彼にわたくしの身をお任せしたいと思います」

「アレクシスならどんな君でも受け止めてくれるよ」

キリリとしたルイス様も良いけれど、優しく微笑むリアム様も捨て難いわね。

何《いず》れにしろ、どんな手を使っても二人を手に入れるわ。

「それでいいんだな？」

まだいましたの？　アンドリュー殿下……

わたくしを追い出す貴方に用はないのよ！

「はい、わたくしはアレクシス様をお慕いしていますもの」

嫌になったらアレクシスを捨てて逃げ出せばいいのよ。

「そうか……リアム頼んだ」

「はい」

リアム様がわたくしに手を差し出して立たせてくれた。

アレクシスのところまで連れて行ってくれるのね。

え？

一瞬何が起こったのか分からなかった。

リアム様の手元が動いたと思ったら……

ニヤリと笑ったアンドリュー殿下と、高い位置から冷たく見下ろすリアム様と目が合ったことまでは覚えている……

「罪深いお前を自由にするわけがないだろう？　残りの人生後悔しながら生きていきな」

遠くなる意識の片隅でアンドリュー様の言葉だけは聞き取れた……

◆　◆　◆

真っ暗な部屋にカーテンの隙間から月明かりが少しだけ入っている。

あれから何時間、何日経ったのかも分からない。

分からない、分からない、何も分からない……

目が覚めたのに頭がぼーっとする……

ここは何処？

こんな古びた天井は知らない。

起き上がろうとしても身体が固まったように動かない……

誰かを呼ぼうにも声が掠れて上手く出せない……

今動かせるのは目だけ……なぜ？

不安が押し寄せてくる。

「やっと目が覚めたか」

突然眠る前にも聞いたアレクシスの低い声がした。

アレクシスが傍に来た気配がして、唯一動く目を向けようとして「ヒッ」と声にならない悲鳴が出た。

アレクシスの顔に犯罪者に入れると言われている黒い刺青が斜めに入っていたから……それも太い線が三本も。

三本……聞いたことがある。

人殺しなど重い犯罪を犯した者に与える印だと。

でもそれは腕だとか手首だと聞いていたわ。

アレクシスは一体どんな犯罪を犯したの？

これじゃあ外にも出られない……

「まずは水を飲め。説明はそれからだ」

アレクシスはそっとわたくしの体を起こして手で水を飲ませてくれた。

冷たい水が喉を潤していく。

まだ掠れているけれど声は出せるようになって安心する。

「も、もう一杯」

「もう水はいいか？」

「ええ」

「はじめに言っておく。俺とお前は夫婦になった」

「え？」

いつの間に？

「お前が望んだと聞いている。そもそもお前は俺のことが好きで留学までして追いかけてきたのだったな」

それは建て前よ！

「平民になった俺に身を任せるとも言ったそうだな？」

平民？　アレクシスは侯爵家の跡継ぎでしょう？

「まあ、お前も平民になったことだし早くこの生活にも慣れてくれ」

わたくしが平民……？

アンドリュー様の言っていたことは本当だったの？

「アレクシスの……その顔は？」

「……平民が公爵令嬢に手をあげたんだ。当然罪人になる。本来なら鉱山送りか牢獄入りだっただろうが、俺に身を任せたお前が死ぬまで世話をすることでそれは免れたが……俺とお前がこの敷地から出ないことが条件だ」

アレクシスが罪人……

死ぬまで？　外には出られないですって？

「俺にはお前しか、お前にはもう俺しかいない」

「い、いやよ！」

だって目に入る部屋は壁紙もない、家具だって古びたタンスがあるだけだわ。

それに小さくて硬いベッドにシーツだってゴワゴワ。

わたくしは王女なのよ！

こんな所で一生暮らすなんて無理だわ！

「……なら出て行くか？　ここは見張りがついている。出たと同時に殺されるぞ？」

見張られているですって‼

「それと、通いで手伝いが二人いるが、家の掃除と食事の用意だけだ。お前の世話はすべて俺がする」

通い？

わたくしの専属侍女は？　着替えや入浴は誰がしてくれるの？

「もちろん平民の俺たちだ。豪華な食事やドレスは期待するな」

『罪深いお前を自由にするわけがないだろう？　残りの人生後悔しながら生きていきな』

これが、わたくしの罰なのね……

もう逃げられない……

第十章　繋がりと影の功労者

結局、ハイアー様と元王女は人知れず幽閉されたと聞かされた。

結果、思い合う二人が一緒なら幽閉でもよかったんじゃないかな？

今までのような生活は出来ないかも知れないけれど、身分を捨ててまでお互いを選んだんだもんね。

それに、ある意味二人はお似合いだったと思うよ。

私の頬の腫れが引いた頃、驚くべき報告をルイス兄様からされた。

「つい最近私は婚約したんだよ」

なんですって！

「……お相手の方はどちらのご令嬢ですか？」

なんだかヤキモチをやいてしまう。

だって、ルイス兄様は私を一番に優先してくれていたのに、それがこれからは婚約者様になるのでしょう。

寂しいような……

嬉しいような……複雑な気持ちになってしまう。

「ヴィーも知っているトライガスのスカーレット王女だ」

え？　王女？　マーガレット元王女のお姉様？

「驚いたか？」

ええ！　ええ！　あの絶世の美女！

あの方が私のお義姉様になるの？

赤い髪に赤い瞳。白い肌に知性のある瞳、スッキリとした鼻梁、真っ赤な口紅もよく似合っていたわ。

……それに魅惑的なスタイル。

マーガレット元王女についての忠告をしてくれた時も、背筋を伸ばし口調は柔らかいけれど女王のような貫禄があった。

でも……最後に寂しそうに、諦めたように呟いたスカーレット王女は妹の幽閉なんて本当は望んでいないと思ったんだよね。

表情に出さなくてもスカーレット王女は妹の心配をする優しいお姉様なのだと……

この婚約も、カサンドリア王家とトライガス王家との思惑や政治的絡みも含まれているのだろうけれど、ルイス兄様ならきっとスカーレット王女を大切にするはずだわ。

「あの……ルイス兄様とスカーレット王女様は……政治が絡んだり本人の意思は関係なく結ばれたりした婚約でしょうか？」

気になることは今のうちに聞いておいた方がいいよね。

「彼女って顔立ちがハッキリしているせいか気が強そうに見えるだろ？」

「……はい」

「彼女は幼い頃から王太子のスペアとして厳しい教育を施されてきたんだ。大切にしてくれていた侍女や家庭教師をマーガレットに奪われ、父親の国王は彼女に見向きもせずマーガレットだけを大事にしていた。甘えられる存在は兄の王太子だけだったそうだ。彼女は王族として弱みを他人に見せないよう無理をして虚勢を張っていただけの……不器用でか弱い普通の女の子だよ」

そうだよね。あの時もスカーレット王女の優しさを私も感じたわ。

「そんな彼女に気づいた時に決めたんだ。私が彼女を彼女らしく生きていけるように自由にしてあげようと、守ってあげようと、これでもかってぐらい甘やかしてやろうとね」

「まあ！　ルイス兄様ったら！　私もお義姉様と早く仲良くなりたいわ」

「ありがとうヴィー。スカーレットも喜ぶよ」

次の日には我が家をスカーレット王女が訪問されたの。

ルイス兄様の隣で緊張して挨拶をされた時も、ルイス兄様と目が合っただけで真っ赤になった顔を見た時も、そこには王女の貫禄どころか可愛らしいとしか表現がしようがない女性がいた。

私たち家族に歓迎されて涙するスカーレット王女を、ルイス兄様が誰にも見せないように腕の中に閉じ込めて、それに驚きすぎたスカーレット王女が気を失って騒ぎになったりもしたけれどね。

結婚式は半年後に行われるらしい。

それまでは我が家で滞在し、次期公爵夫人としての教育をお母様が授けるとか……そう言いながら、教える必要のないほど優秀で可愛いスカーレット王女を、ルイス兄様が仕事で留守の間は独り占めしたかっただけだと後で分かった。

私もすぐにお義姉様と仲良くなれた。

全然気取ったところのないお義姉様は、よくルイス兄様との惚気話を照れながら聞かせてくれる。

それはとっても微笑ましいのよ？

でもね？

実兄との惚気話は聞きたくないわ～。

私も新学期が始まって、ハイアー様や元王女の噂は多少は聞こえてきたけれど、それもいつの間にかなくなっていた。

いつものメンバーで楽しい毎日を過ごしている間に、三年生の卒業式が行われた。

この卒業式の前にもひと騒動があったんだよね～。


「ディハルト嬢。……もし、まだ相手が決まっていないのであれば、私のパートナーとして一緒に卒業パーティーに参加していただけないでしょうか？」

「……折角のお誘いですが、卒業パーティーは友人と参加する約束がありますので、お断りさせていただきます。申し訳ございません」

「三年生の先輩方もチャレンジャーですよね。さっきの方で何人目でしょうか？」

「最後の思い出作りとか？」

「それにしてもヴィーってモテるわよね」

「特定の相手がいないから仕方ないんじゃない？」

もう、みんな好き勝手なこと言って！

今回の卒業パーティーだって、卒業生以外は自由参加なんだから、私たちだって別に出なくてもいいのに、〝来年の本番の為に雰囲気を味わっておきたい〟ってチェルシーが言うから参加することにしただけなのに、なぜか私を誘ってくる人がいるのよね。

「そんなこと言って、みんなも誘われていること知っているわよ」

そうなのよね。

ジュリア以外は、アリスもマーリンもチェルシーも婚約者がいない。

この国の女性の結婚適齢期が十七歳から二十四歳だということもあり、学生の間は家同士の政略的な繋がりが無い限り婚約をしていない生徒も意外と多かったりする。

まあ、高位貴族家の跡を継ぐ令息や令嬢には婚約者がいることが多い。

男性に至っては適齢期がさらに高くなる。

だからルイス兄様にも今まで婚約者がいなかったし、リアム兄様にもまだ婚約者がいない。

それに婚約者がいない令嬢は、学院を卒業してから文官になる人だとか、王宮や高位貴族の家で侍女として礼儀作法を学ぶ人もいたりする。

私たちの祖父母世代よりも上では、政略結婚も多かったし結婚適齢期も低かったと聞いている。

が、低すぎる年齢での妊娠出産は女性に負担が大きいのも事実で、今ほど医療が発展する前は出産で命を落とすことも多かったそうな……

まあ、そんな理由で私も婚約者がいないことに焦ったりしていない。

相手が見つからなければいつか生まれるであろう、ルイス兄様とお義姉様の子供の世話をしたいと思っているぐらいだ。

本音は私も好きな人と結婚して好きな人の子供を産みたいと思っているけれど、今のところその相手はいない。

それに今は結婚願望もそれほどはない。

そのうち社交界にでも頻繁に出るようになれば……好きな人が見つかるかもしれないと、少しだけ期待はしている。

「ディハルト様！」

ん？

「ディハルト様！　わたくしはカトリーナ・ソルトと申しますわ」

振り向けば……

小さい女の子が仁王立ちして下から睨んでいた。

え？　ここにいるってことは学院生？

ってことは十七歳？

小学生ぐらいにしか見えないんだけど！

いやいやソルトということはソルト伯爵家の令嬢よね？

ソルト家ってジョシュア殿下の婚約者のお家よね？

その下はまだ学院に通えるような令嬢はいなかったと記憶しているけれど……

それに制服を着ていないし……とりあえず挨拶はしておこう。

「ヴィクトリア・ディハルトですわ」

「大事なお話がありますの！」

大事な話とは？

「ドルチアーノ様と婚約するのはわたくしですわ！」

「……そうですか」

だから何？

「ですから今度の卒業パーティーでは、ドルチアーノ様のパートナーはわたくしが務めますわ！」

子供でも参加出来たっけ？

「よろしいのでは？」

「……」

いや、睨まれてもね？

「……」

「ソルト嬢！　やっと見つけた！」

そこへ慌てたように走ってきたドルチアーノ殿下。

「ドルチアーノ様!!　今ディハルト様に宣戦布告をしておりましたの！」

え？　これって宣戦布告だったの？

それになんで私？

「勝手に離れたらダメじゃないか。ヴィクトリア嬢すまないね。それから宣戦布告とは何だい？」

「決まっておりますわ！」

決まっているの？

「ドルチアーノ様の婚約者になるのはわたくし！　卒業パーティーのパートナーもわたくし！　それをディハルト様に邪魔されたくないですもの！」

「……君は何を言っているんだ？」

あら？

ドルチアーノ殿下は呆れたような顔になっているけれど……この状況は面白いわね。

「私はお二人の邪魔をする気は一切ありませんわ。それにドルチアーノ殿下にこんな可愛らしいお相手がいたなんて知りませんでしたわ」

「ち、ちが」「ふふん、分かればよろしい」

ドルチアーノ殿下の言葉に被せてきたけど満足そうなお顔ね。

「用がそれだけなら私は失礼しますわ」

私たちの会話を待っていてくれたチェルシーたちも、小さいソルト様を微笑ましく見ていたようだ。

あと数年もしたら彼女も立派な淑女になるだろうし、ドルチアーノ殿下も彼女が成長するまで待つのだろう。

うんうん。

自分好みのレディに育てる。

夢があっていいではないか。

それまでは二人仲良く頑張ってほしいものだ。


次の日の昼休み、食事を終えてカフェに向かっているとドルチアーノ殿下に呼び止められた。

「ヴィクトリア嬢！　ソルト嬢の言っていたことは違う、違うんだ！」

そんな必死に言い訳がましく言わなくても……そうでしょうね。

一つの家から王族に嫁げるのは一人と決まっているもの。

だからそんな必死な顔しなくても大丈夫ですよ〜。

ソルト様のお姉様がジョシュア殿下の婚約者に選ばれた時点で、いくら彼女がドルチアーノ殿下に想いを寄せても結ばれることはないんだよね。

ちょっとあの時は巫山戯《ふざけ》たことを思っただけよ？

本気で思っていた訳ではなかったわよ？

「ふふふっ分かっていますよ」

「そ、それならいいんだけど……君は……」

珍しく口ごもっているけれど……

「まだ何かありますの？」

「い、いや、何でもない。それよりも卒業式ーティーパ友人たちと参加するって聞いたよ」

「来年の本番のために雰囲気を知っておこうと参加することにしたんです」

「そっか。僕が卒業したらもう君と会う機会は減っちゃうんだね」

「あ！　そうなりますね？」

そっか〜。

言われてみればそうよね。

王族と気軽に会うことなんて普通に考えたら無理だわ。

たまたま年もそう変わらないから同じ時に学院に通えて、過去のことは水に流しつつ会話をする仲になれただけで、本来なら王宮で開かれる夜会でしか会うことが出来ない存在だったわ。

「この一年、君とのいい思い出が出来てよかったよ。……ありがとう」

殿下なりに『デブス』発言のことは反省しているんだろうな。

でも私の頭の中では仕返しはやっておくべき！　という気持ちと、もう会うことも無くなるんだしどうでもいいか、と言う気持ちもあるんだよね……

「こちらこそドルチアーノ殿下にはお世話になりました。それに……助けていただいたご恩は忘れません。あの時はありがとうございました」

いや！　まだ諦めたらダメだ！

きっとチャンスはあるはず！

泣かせる！　いつか絶対泣かせる！

「あの、ヴィクトリア嬢……笑顔が怖いんだけど……」

あら？　顔に出てた？

「ふふふっ殿下、気の所為ですわ」

「そう？　ならいいんだけど」

まだ何か言いたそうにしていたけれど、予鈴が鳴ってそこで会話は終わった。

放課後、ウチの馬車の前に……カトリーナ・ソルト嬢が……

つい、昨日も見た仁王立ちで立っていた。

その隣には彼女の侍女らしき方が、申し訳なさそうに私に何度も頭を下げている。

「ディハルト様！」

「……はい」

「これから毎日、ディハルト様がドルチアーノ様に色目を使わないか監視致しますわ！」

ソルト様は今日も元気ね。

私は一気に疲れたけれどね！

「……そうですか」

卒業式まであと四日だし、好きにさせとけばいいか。

「ヴィー、迎えに来たよ」

この日のお迎えはリアム兄様。

後ろからのリアム兄様の声に反応して振り向いたソルト様が固まった。

「ありがとうございます」

「それでこの可愛らしい令嬢は？」

「カトリーナ・ソルト様ですよ」

「こんにちはソルト嬢。僕はリアム・ディハルト。ヴィクトリアの兄だよ」

ニコリと笑ってリアム兄様が挨拶しても、まだ固まったまま動かないソルト様。

う〜ん……

このまま放っておいていいのかな？

目線をソルト様の侍女に向けると、また頭を下げだした。

リアム兄様も困った顔をしているけれど、私に手を差し出してくれた。

なるほど……彼女を放置して帰るつもりのようだ。

馬車に乗り込む前に一応声は掛けたけれど、彼女は目を見開いたまま私の声にも反応しなかった。

まさか、この子立ったまま気絶とかしてないよね？

少し心配しつつも、侍女も傍にいることだし気にせず馬車に乗り込んだ。

ソルト様が断言した通りなら、明日も私を監視しに来るでしょう。

さあ、リアム兄様帰りましょう！

まさか、次の日からソルト様の恋愛相談に乗ることになるなんて思いもしなかった……

昨日の現場を見ていた……いや、いつも私が馬車に乗り込むまで見送ってくれるチェルシーたちに、登校するなり揶揄《からか》われた。

「ヴィーの傍にいると楽しいわ～」

「ソルト様もまだ幼いのにしっかり女でしたわね」

「昨日、あれからも彼女固まったまま動かなくてね、ソルト家の侍女が抱きかかえて帰って行ったのよ」

ジュリア、アリス、マーリン……そう、楽しかったのね。私は疲れていたのに……

「あれは顔の良い男が好きなだけだな。ついでに年上好き……でも趣味は悪くないな」

うんうんと分かったふうに頷くチェルシー……あなたにも婚約者はいないでしょう？

「今日も来るかしらね？」

やめてくれ～！

あの子なら来るだろうけどね……

また我が家の馬車の前でソルト様が仁王立ちしている。

今日は帰りに街に寄り道するからウチの馬車を使う予定だったけれど……

「ディハルト様！」

「……ご機嫌よう。ソルト様」

「いやですわ。カトリーナとお呼び下さいな」

「……そうですか。分かりましたわカトリーナ様」

もうすでにチェルシーたちは笑いを堪えているわね。

「今日はリアム様はどちらに居らっしゃるの？」

いや、顔を赤くしてモジモジするのは可愛いけれど……

「仕事に行っておりますが？」

「次はいつお会い出来ますかしら？」

「何時とはお約束出来ませんわ」

「リアム様に会えないと……つまんない」

ポツリと呟いた小さな声は聞こえたけれど、昨日と同じ侍女さんに、目配せして馬車に乗り込むことにした。

「では失礼しますわね」

何か言ってくるかと身構えたけれど、彼女、カトリーナ様は何も言わず俯いてソルト家の馬車に乗り込んだ……

まあ、それはいいんだけど……

「この学院の門番は仕事をしているの？　貴族とはいえ部外者が学院の敷地内に入るのを止めないのかしら？」

「ヴィー……学院長の名前は知っているわよね？」

ん？……!!

「もしかしてソルト学院長の身内？」

だからって身内を自由に学院に出入りさせるのはどうかと思うんだけど……

なぜ私は今、初対面の大柄で短い赤髪にキツい赤目のワイルドな美形に壁ドンなるものをされているのか……

マーリンたちはおろおろしているし、チェルシーは「副隊長、離れて下さい！　この子はリアム殿の妹ですよ！」って怒鳴っている。

このワイルドな美形が副隊長？

「へえ～あの天才の妹か～」

上から下まで舐めまわすようにニヤニヤして見下ろしてくる副隊長が気持ち悪い。

早く離れてよ！

「君可愛いね、名前は？」

「……先程は助けていただきありがとうございました」

そうなんだよね。

カフェでお茶をして店から出たところで、ガラの悪そうな三人組の男たちにマーリンがぶつかっちゃって、絡まれていたところを助けてくれたのは有り難かったのは本当。

そこへ女性を侍らしたこの男が出てきた時は、前世の任侠映画に出てきた〝若頭〟を思い出したわ。

人を見た目で判断してはダメなことは知っているけれど、外見と雰囲気がまさにそんな感じだったのよね。

さっきまで両側に派手な女性を侍らせて、人目もはばからずイチャイチャ歩いていた男。

それが副隊長？

チャラチャラしたこの男が？

お礼を言って、それでお終いかと思ったらイキナリ壁ドン！

今もその女性二人が私を睨んでるんだけど！

「もう行きましょう？」

「まだ子供じゃない」

そうよ！　早くこの男を私から引き剥がして連れて行ってよ！

「……ま、いいか。リアムの妹なら調べれば名前ぐらいすぐに分かる」

調べるなよ！

それにニヤニヤして見下ろすのはやめろ！

「また今度な！」

そのウインク必要ないから！

そう言って、また女性二人に腕を組まれ去って行った。

やっと解放された……

助けてもらって何だけど、二度と会いたくないわね。

「ヴィー大丈夫？」

「彼は第三騎士団のベニー副隊長だ。腕は確かなんだが女性に手が早いと聞いている。ヴィーも気をつけるんだよ。それにこのことはリアム殿の耳にも入れておいた方がいい」

手が早い……クズね。

私の一番嫌いなタイプだわ。

「うん、大丈夫。リアム兄様にも伝えるわ」

まさか、この男とすぐにまた会うことになるなんて想像もしていなかった。


「カトリーナ様？　毎日ここに来られてもリアム兄様はいませんわよ？」

「……分かっていますわ！」

「それに、ドルチアーノ殿下の婚約者になると言っていなかったかしら？」

「………………ドルチアーノ様よりもリアム様が良いの」

心変わり早っ！

ドルチアーノ殿下のことはもういいようだ。

ドルチアーノ殿下～。

知らない間にフラれていますよ～。

まあ、カトリーナ様のお姉様が王族に嫁ぐからね、この子がドルチアーノ殿下と結ばれることはないのだし、傷つく前に他に好きな人が出来たのはよかったと思うのよ？

でも、次の恋のお相手がリアム兄様なのはな～。

あの日からカトリーナ様は毎日監視という名の待ち伏せをしている。

それも、聞いてくるのはリアム兄様のことばかり。

一応リアム兄様にカトリーナ様と恋愛出来るか聞いてみたの。

『ヴィー、何を言っているの？　僕が子供に興味のある変態だと思っているの？』

そ、そうだよね！

よかった！　リアム兄様が変態でなくて……

カトリーナ様には悪いけれど、リアム兄様は諦めてもらおう。

それに、聞けば十二歳だと言う。

まだ十歳にも満たない子供だろうと思っていたわ。

危ない危ない。

それよりも出会いなんて、これからいくらでもあると思うんだけどな。

まあ、リアム兄様に目をつけた所は褒めてあげたいわ。

眉目秀麗、頭脳明晰、温厚篤実《おんこうとくじつ》、さらに武術の天才だと言われているリアム兄様。

惚れるのも仕方がない。

もしかして、リアム兄様を諦めるまで待ち伏せは続くのか？

え？　それは流石に面倒臭いんだけど……

そして、卒業パーティーが開始された。

学院でドレスで着飾るなんて卒業パーティーの時だけ。

それはもう、皆様輝いているわ。

そういう私もお母様を筆頭に侍女たちに磨かれ、普段はしない化粧を施され、瞳の色と同じ光沢のあるブルーのドレスには銀糸で細かい刺繍がされている。

でも、主役は卒業生。

派手にならないように気を配った装いに仕上がった。

多分……標準サイズ？……少しだけ控えめサイズの胸元と耳には私と兄様たちと同じ瞳の色のサファイアのネックレスとピアス。

私って、前世から重いピアスは好きじゃないんだよね。

耳が下に引っ張られているようで苦手。

だからか、今世でも石が付いているだけのピアスしかしない。

出来上がった姿は、自分で言うのも何だけど似合っていると思う。

チェルシーたちと、校舎の入り口で合流して、いつもとは違う着飾った自分たちを褒め合う。

少し緊張しながらパーティー会場に入った。

以前一度だけ行った、王宮での夜会に比べると煌《きら》びやかさは劣るものの、華やかに着飾った令嬢たちがそれをカバーしている。

可愛らしいドレスから大人な雰囲気のドレスを身に纏い、それだけで会場内は華やかな雰囲気になっている。

前生徒会長が挨拶をし、学院長がパーティーの開始を伝えた。

……学院長の後ろには予想通りカトリーナ様が……

ふわふわのピンクのドレスはとても似合っていて可愛らしい。

でも！　学院長が公私混同することはいただけないのでは？

……まあ、カトリーナ様が我儘を言ったのだろうと予想がつくが……

皆も見なかったことにしたようだ。

開始と同時に流れだす音楽に合わせて中央ではダンスが始まった。

婚約者や想い人と見つめ合いながら、初々しい表情で踊る先輩方が微笑ましいわ。

来年の私のダンスのお相手は、婚約者が決まっていない限りリアム兄様になるんだろうな～。

いや、それはそれで光栄なんだけど！

まず私たちが向かったのは、スイーツコーナー。

並べられたケーキは宝石のように輝いていて食べるのが勿体なく感じる。

が、そんなふうに思うのは一瞬で、一口サイズのケーキや珍しいお菓子を取り皿に盛って会場の端に用意されたテーブルについた。

卒業生の方たちのドレスを見て、来年本番の私たちはどんなドレスにする？　だとか、髪型はどうする？　なんて話で盛り上がったが、そろそろ帰ろうと話していたところに、「庭園のライトアップが素敵」と話す声が聞こえてきた。

じゃあライトアップされた庭園を歩きながら帰ろうとなり、会場から外に出る手前であの男が騎士団の制服を着て警備に当たっているのが見えた。

そうだよね～。

今この会場には貴族の令息令嬢が大勢いるものね。

そりゃあ警備に騎士団がいても不思議じゃないよね。

避けようと背を向ける前に目が合ってしまった……

ニヤついた顔で彼がこっちに向かって来るのが見えた。

おいおい、仕事中だろ？

こっちに来んな！

手を掴まれそうになった瞬間、カトリーナ様が彼の足にぶつかって転んだ……

彼は何が起こったのか気づかず少し周りを見渡してから足下に視線を向けた。

そしてカトリーナ様に気付き「お嬢ちゃんごめんね」と言いながら抱き上げたのだが……

カトリーナ様がベニー副隊長を見つめ驚きの行動に出た。

「わたくしこの方に決めましたわ！」

腕にカトリーナ様を抱いたベニー副隊長の頰を両手で挟み、熱烈なキスをしたのだ。

ベニー副隊長は驚き過ぎて抵抗も出来ずされるがままのようだ。

会場内は騒然！

学院長も慌ててこっちに向かって来ている。

……カトリーナ様は伯爵令嬢。

お姉様がジョシュア殿下に嫁ぐから、跡を継ぐのはカトリーナ様……

その跡継ぎの令嬢が一回りは年上だろう男性と公衆の面前でキス……

間違いなく噂になる。こんな醜聞、下手をしたら結婚も危うい。

こうなったらベニー副隊長が婿入りするしかなくなるんじゃ……

いやいや！　カトリーナ様！

こんな男でいいの？　遊び人だよ？　女に手が早いんだよ？

二人は学院長に強制的に連れて行かれた……

これ、どうなるんだろう？

後日、見事ベニー副隊長と婚約を結んだカトリーナ様が、年上男性ばかりを狙っていた理由をこっそり教えてくれたんだけど……

な、なるほど……？　それなら仕方がないのかな？


ベニー副隊長はカトリーナ様を抱き上げたまま、呆然として連れて行かれた。

私たちはライトアップが素敵だと小耳に挟んだ庭園に足を運んだ。

普段見ている庭園もライトアップされると幻想的で、別世界に入り込んだのかと錯覚してしまいそうになる。

そこでも話題はもちろんカトリーナ様とベニー副隊長の先程の件だ。

「あのベニー副隊長が大人しくついて行くなんてな」

カトリーナ様を抱き上げた状態で両手で頬を挟まれれば、拒絶も出来なかっただろうし……

私は別にベニー副隊長を心配しているのではないが、まだ幼いカトリーナ様が醜聞で傷つかないかちょっとだけ心配なのよね。

困ったちゃんではあるが、悪い子には見えないもの。

「ヴィクトリア嬢」

後ろから最近では聞き慣れた声で名を呼ばれた。

「ドルチアーノ殿下、ご卒業おめでとうございます」

「ああ、ありがとう。君はもう帰るのかい？」

「はい、大体雰囲気は分かりましたから」

「……少しだけ話せないかな？」

私が答える前にチェルシーたちが「どうぞ。私たちは先に帰りますので、ヴィーが馬車に乗るまでは責任を持って送って下さい」と私の代わりに答えてしまった……

「……いいですよ」

ドルチアーノ殿下はありがとうと言ってから「噴水広場もライトアップされて綺麗なんだよ」と案内してくれた。

いつもは太陽の光を反射してキラキラ輝く水面も、今はライトのせいか色とりどりの宝石が散りばめられたように見える。

「ね？　綺麗でしょう？」

「はい」

噴水のそばにあるベンチにハンカチを敷いて、私にそこに座るように促す。

「……思い出にピアスの交換をしてくれないかな？」

それぐらいいいよね。

助けてもらった恩もあるし。

「別に構いませんが」

二つとも外そうとしたけれど、一つだけでいいと言うから片方のピアスと、ドルチアーノ殿下の耳についていたイエローダイアモンドのピアスを交換した。

その場でドルチアーノ殿下がさっきまで私の耳についていたピアスをつけて、満足そうに頷いていた。

私も手に持っていたら殿下のピアスを無くしそうだったからつけたけどね。

「……悪かったね」

ここに付き合わせたこと？

「ちゃんと謝りたかったんだ。昔ヴィクトリア嬢に酷いことを言ったことを……」

そっち？

「前に謝ってもらいましたが？」

「うん、そうだね……でもずっと考えていたんだ」

「何をでしょうか？」

「あれが無かったら……僕と君はもっと良好な関係を築けたかもしれなかったと……。僕は勿体ないことをしたね」

そう思っていたんだ。

「でも今は普通に話せる関係ですよね？」

「うん、そうなんだけどね」

何が言いたいんだ？

「……ごめんね。馬車まで送るよ」

まだ何か言いたそうにしていたが、ドルチアーノ殿下が立ち上がったから私もベンチから立つ。

私の少し前を歩く殿下は無言で馬車まで送ってくれた。

「送ってくれてありがとうございました」

「……こちらこそ話に付き合ってくれてありがとう。このピアスも大切にするよ」

謝ることでドルチアーノ殿下の憂いが無くなったのなら、無駄な時間でもなかったのかな？

馬車に乗り込む間際に「ヴィクトリア嬢」と呼ばれ振り向くと……

「おやすみヴィクトリア嬢」と、額にキスをされた……

イキナリでちょっと驚いたけれど、そっかおやすみの挨拶か！

じゃあ私も、とお返しに「おやすみなさい」とドルチアーノ殿下の頬にキスを贈った。

これは毎日の家族間での日課なので何も疑問に思わなかった。

そのまま馬車に乗り込んで窓から再度おやすみなさいと言ったが、それに対して殿下からの返事はなかった。

てか、どこを見ているのか私の声も聞こえていないようだった。

まあ、学院の敷地内だし大丈夫でしょう。

私はそのまま邸に帰り、入浴したあと朝まで爆睡した。

きっと疲れていたのね。

卒業式の翌日は学院も休みで一日ゆっくりし、その次の日に終業式が行われた。

その終業式の日にもカトリーナ様が我が家の馬車の前で仁王立ちしているなんて、誰が思う？

ベニー副隊長に決めたって言ってたよね？

リアム兄様のこと諦めていないの？

まさかハーレムでも作るつもり？

「ご機嫌よう。ディハルト様」

「……ご機嫌よう。カトリーナ様」

そこ！　笑わない！

チェルシーたちが肩を震わせている。

「今日はお茶会のお誘いに来ましたの」

いや、そんな自慢気に言われても……

まだ子供のカトリーナ様と一体何を話せと？

共通の話題って何がある？

「なぜ、私をお茶会に？」

「それは明日の二時に我が家に来れば分かりますわ！」

そう言ってカトリーナ様は馬車に乗り込み去って行った……

いつもの侍女さんは今日も何度も申し訳なさそうに頭を下げていたけれど、彼女ではカトリーナ様を止められなかったのね。

でも自由過ぎない？

カトリーナ様の中では明日は決定なのね？

私は返事もしてませんけどね！

まさかそこでカトリーナ様の秘密が明かされるなんて思ってもいなかったわ……


来てあげましたよ！

時間通りに！　ソルト伯爵家に！

でも、通されたのはカトリーナ様のお部屋……

お茶会じゃなかったの？

いつもの侍女はお茶の用意が終わったら部屋から退室して行ってしまった。

だから部屋には私とカトリーナ様だけ。

「わざわざお呼びして悪かったわね」

と言いながら足を組むカトリーナ様。

この口調と態度に違和感が……

年下だよね？　私の方がお姉さんだし公爵令嬢だよ？

「時間がもったいないから単刀直入に聞かせてもらうわ。貴女、転生者とか、異世界転生って言葉分かる？」

なぜその言葉をカトリーナ様が？

「て、転生者ですか？」

「ま、それはあとから聞かせてもらうよ」

知らないフリをしておこう。面倒ごとに巻き込まれたくないもの。

「そ、それよりカトリーナ様の口調が……」

まるで年上の人と話しているみたい。

「ああそれはね、わたくしには前世の記憶があるのよ。四十歳で死ぬまでは医者をしていた記憶がね」

「よ、四十歳！」

マジか！　しかも医者ですと!!

「そ、それでなぜ私に？」

「ハッキリ言うわ。ここはね前世で読んだ小説に類似した世界なのよ」

「はあ？　小説？　類似？」

「そう、国の名も、登場人物の名前も一致するわ」

乙女ゲームの世界かと疑ったこともあったけれど小説だったか！

「最初から話すわ。わたくしが前世の記憶を思い出したのは五歳の時。たまたま図書室で医師だった祖父の手記を見つけた時よ」

フムフム。

「ただその時は前世を思い出しても小説とは結びつかなかったわ」

「そして、わたくしにも貴族教育が始まって、この国の名を知った時も国王の名前を知った時も、聞いたことがあるような不思議な感じがしただけだった」

「……でもね、王太子あるでアンドリュー殿下の名前を聞いて一気に頭の中に物語の内容が駆け巡ったわ」

「この小説は大して売れなかったし、結末も登場人物の誰にとっても悲惨なものだった。……だから、結末を変えられるならば変えたいと思ったんだ……。そして、わたくしが七歳の時にジョシュア殿下の婚約者候補になった読書好きの姉が、王宮の図書室に行く度について行くことにした。わたくしの話を真剣に聞いて、信じてくれる人がいないかを捜していたんだ」

「そこに、本当にたまたまアンドリュー殿下が来たの。縋り着いたね。もう必死だったよ……」

「だってアンドリュー殿下は将来、結婚して子にも恵まれ、さらに王太子妃のお腹には第二子も授かって幸せの絶頂で……愛する王太子妃とお腹の子、それと第一子まで亡くすことになる人だからね」

「おかしな幼児が紛れ込んで騒いでいると思ったんだろうね。だけどアンドリュー殿下は面倒くさそうではあったけど話を聞いてくれたよ」

「そこで全部話したよ。前世のこと、この先の未来のこと、知っている限り全て話した。最初は黙って聞いていただけのアンドリュー殿下だったけどね、第一子の名前を言ったら信じてくれたよ。

密かに考えていた未来の自分の子供の名前だったそうだ」

「その当時アンドリュー殿下もまだ十六歳の子供だったけど動いてくれた。国王にも話を通してくれたんだ」

「今から五年後、この国に疫病が流行る……そこへ、トライガス王国が戦争を仕掛けてくるんだとね」

「そして国と国民を守るため戦ったが……結果は分かるだろう？　既に疫病で疲弊していた国だ……敗戦国の末路なんて悲惨だよ」

「だが、それで終わらなかった。カサンドリア王国と戦ってトライガス王国も無傷ではすまなかった。戦争で疲弊したトライガス王国に今度はダイアモア王国が戦争を仕掛けたんだよ」

「その原因がマーガレットだ。トライガス王国でも、カサンドリア王国でも問題を起こしてね、居場所がなくなったマーガレットは次はダイアモア王国に渡り国王の妾になるんだ。マーガレットは追い出されたことを恨んでいたんだろうね。国王を唆《そそのか》したんだ。そこからこの大陸は次々に戦火が広がって行ったんだ……」

……

「約三年前、アンドリュー殿下がトライガス王国を訪問する際、わたくしも同行させてもらったよ。トライガスで戦争を起こそうとしていた国王を、唯一止めようとしていたバレリオ王太子に協力を仰ぐためにね。バレリオ王太子はすぐに信じてくれたよ。トライガス国王は既に戦の計画を進めていたからね」

「わたくしは二人が話し合っている間に、トライガスの王城にある図書室で過去の書籍を読み漁ったね。祖父の手記に残されていた資料を元に、わたくしが予想していた疫病の病名を確定するためにね」

「前世の知識で薬は作れる。それで疫病は完治すると確信して、今度はわたくしの知識でその薬を作った」

「そこで疫病問題は解決したが、トライガス国王とマーガレットの問題が残っていた。バレリオ王太子もずっと動いてくれたんだけどね、国王の考えを変えることも、マーガレットを更生させることもダメだった。……だからマーガレットの留学を許したんだよ。この国でマーガレットを処分するためにね」

「あとは分かるね。国王に責任を負わせ退位という名の幽閉。マーガレットからは自由を奪った。その為に犠牲になった者たちは冷たいようだけど自業自得だね」

「それで、あんたも転生者だろ？　ヴィクトリア？」

はあ、この国の為にこれだけ動いてくれたカトリーナ様には嘘はつけないよね。

「そうですよ。なぜ分かったのですか？」

「ああ、小説のヴィクトリアは太っていてね、アレクシスの公開プロポーズに舞い上がって奴に依存した。そしてマーガレットの思惑に見事に嵌る馬鹿な子だったんだよ」

マジか！

「それでもヴィクトリアは泣き虫な男と結婚して幸せになったよ。……結婚してから痩せて綺麗になってね。でも……（夫は殺され、綺麗になったアンタはダイアモア国王への貢ぎ物にされた）」

でも？　まだ何か？

そんなことよりもデブスの私が幸せになるですと！

そんな私を選んでくれた人はいったい誰なの？　聞きたい！

「因みに私の旦那様になる人はどなたか教えていただけるのでしょうか？」

「教えないよ。これだけ小説と中身が変わったんだ、その相手と結ばれるかも分からないだろ」

そうかもしれないけど！　そんな広い心の人物なら知りたいじゃない！

「じゃあ最初はドルチアーノ殿下を狙って、次はリアム兄様で最後にベニー副隊長を選んだ理由は？」

これがずっと気になってたんだよね。

「あのさ、前世で四十歳まで生きていたんだよ？　十代のお子ちゃまなんて興味ないし、ドルチアーノ殿下はヴィクトリアと接点を結ぶためだったし、リアムは……あのレベル、あれは反則だね。でも観賞用だよ」

「ではベニー副隊長は？」

「あの男は強いんだよ」

「そりゃあ第三騎士団の副隊長ですからね」

「違うよ、あの子は精神面が強いんだ。最後まで……そう、たとえ一人になっても敵に立ち向かう諦めない強さがあるんだ。まあ、それをバカだとも言うけどな。それに見た目もドストライクだし？　わたくしが結婚出来る歳には働き盛りの三十歳ぐらいになっているだろ？」

「……女好きですよ？」

「そこは大丈夫さ、本当はわたくしが十七歳でベニーと出会う予定だったんだ。その時はベニーの方がわたくしに一目惚れしたからね！　……でも結局はあの子も戦死したんだけどね……」

「それとマーガレットの姉、スカーレットはあのままトライガスに残っていたら、マーガレットに恨みを持つ男たちに陵辱され殺されるはずだった……」

お姉様が!!

「だから、そうなる前にバレリオ王太子が逃がしたんだ。名目上はマーガレットの仕出かしの責任……使者として来たんだ」

でも、ルイス兄様に見初められて今は幸せそうだから、悲惨な死を迎えるよりも絶対こっちがいい。

巻き込まれた他の元貴族の彼らには申し訳ないけど、彼らは自分の行動の責任を負っただけだと思えば確かに自業自得だよね。

「これで話は終わりだ。わたくしからヴィクトリアが転生者だとは誰にも話さないから安心しな。アンタの前世にも興味もないしね」

「私も転生者だと誰にも話すつもりはありませんでした」

「そうかい。それからわたくしのことはカトリーナと呼べばいい。アンタの方が身分も上だし、見た目はわたくしは子供だからね。それと口調も気軽いものでいい」

「……そうだよね！　私の方がお姉さんだもんね！　じゃあこれからもヨロシクね。カトリーナ」

「はいはい。さあ帰りなヴィクトリア様」

ずいぶん長居したようだ。

ソルト伯爵家をお暇《いとま》する頃にはもう外は夕焼け空が広がっていた。

この小説の内容はお父様やお兄様たちは知っていたのだろうか？

リアム兄様はともかく……お父様とルイス兄様は知らされていたかもしれない。

最後までカトリーナの話に私の家族は出てこなかった。

……きっと、疫病か戦争で亡くなったのだろう。

カトリーナは一人でアンドリュー王太子殿下の信用をもぎ取って、未来で起こる戦争のフラグを折ったんだね。

そして、前世の知識で疫病問題も解決出来そうだし……彼女こそ強い人だ。

彼女の行動で何万、何十万、それ以上かもしれないけれど、沢山の命を救ったんだね。

それにしても、泣き虫な男ね〜。

私の周りにそんな人いないと思うんだよね。

新しく出会う人……なのかな？

デブスの私と結婚するような人だから、きっと泣き虫だけど優しい人なんだろうな。

もうすぐ、アンドリュー王太子殿下とアリアナ様の結婚式が行われる。

その後はルイス兄様とスカーレットお義姉様が続く……

それに、学生生活もあと一年。

あれから一年。

明日は私たちの卒業式だ。

この一年、あっという間だった。

その間にあったことと言えば、アリスとマーリンに婚約者が出来たこと。

アリスはこの学院の同級生、マーリンは元から仲良しだった幼馴染。

そして、チェルシーにも婚約者……いや、卒業式の翌日には籍を入れるから旦那様が出来たこと。

これはチェルシーの一目惚れからアタックにアタックを重ね猪突猛進の如く押しまくり、落としたらしいすごく体格のいい男性だ。

一日でも早く彼と一緒になりたいチェルシーの希望で叶えた結婚だそうだ。

約半年前にチェルシーが頬を桃色に染めて発したのがこのセリフだった……

『聞いてくれ！　理想の男を見つけた！　婚約も結んだ！』

いったい夏期休暇中に何があった？　と、私たちも最初は驚いたんだよね。

『あの人を初めて見た時に体に電流が走ったんだ。顔も性格も体付きも性格もすべてが私の理想だ』

なんでも、騎士団の練習に参加した時に出会ったそうだ。

そして毎日練習後に押し掛け落としたそうだ。

年齢は二十八歳。

今まで女性とお付き合いもしたことがない初心な男性だそうだ。

これからも姉御肌のチェルシーが、グイグイ引っ張っていくのだろう。

初めて紹介された時の印象は……内気なゴリ○？

背も高く、ガッチリした体格、日に焼けた顔にはつぶらな瞳。体はゴツいけれど優しそうな人。

うん、納得した。

チェルシーは最初からリアム兄様の剣技には惚れ込んでいたけれど、恋愛対象としては見てなかったもんね。

そりゃあ野性的な男性が理想なら、リアム兄様はチェルシーの理想からかけ離れ過ぎているわ。

私はというと、まだ泣き虫な男性とは出会っていない。

あの時カトリーナが『五年後』の私は結婚していたと言っていた。

だとしたら、四年以内には出会えるかも？

それとも未来が変わったから彼と出会う未来も変わってしまったのか？

だからといって焦ってはいない。

あと数ヶ月でルイス兄様とスカーレットお義姉様に子供が生まれる。

私は今から楽しみでその日が待ち遠しい。

男の子でも女の子でも元気に生まれてくれたらいいな。

そして、いっぱい可愛がるんだ～。

前世では仕事が忙し過ぎて友達に子供が生まれたと聞いても買いに行く時間もなくて、ネットでお祝いを選んで贈ることしか出来なかったんだよね。

リアム兄様はお母様の実家、バトロア家と正式に養子縁組をした。

今はディハルト家とバトロア家を行ったり来たりしている。

お祖父様とお祖母様はまだギリギリ四十代だし、とっても若々しくてお元気。

小さい頃からバトロア家に遊びに行くたびに私たち兄妹を大切にしてくれたんだよね。

それは今も変わらない。

そして、次期侯爵家当主としての教育を受け始めた。

もともと養子になることが決まっていたから、ルイス兄様と同じ当主教育も受けていた為、困るようなことはなさそうだ。

そして去年結婚をしたアンドリュー王太子殿下には先月、お子がお生まれになった。

名前はクリストファー様。

黒髪金目の可愛らしい男の子らしい。

今年は、ジョシュア殿下とカトリーナのお姉様、アンネリーナ様の挙式が行われる。

王家は祝いごと続きだ。

ドルチアーノ殿下とは、ルイス兄様の結婚式でお祝いの言葉をもらってから会っていない。

なんでも、王家主催のパーティーぐらいしか社交の場には現れないそうだ。

もう、王家にはドルチアーノ殿下しか未婚の男性がいない。
あのドルチアーノ殿下なら、たとえ王族でなくても引く手あまただろうに……
三男だからある程度は自由なのかもしれない。と勝手に思っている。
卒業式も午前で滞りなく終えて、この後は夕方から卒業パーティーが開かれる。
今日の私のパートナーはリアム兄様。
私と同じくリアム兄様にも、まだ婚約者はいない。
はあ～。
帰るなりうちの侍女たちのギラギラした目を見て、悟ってしまった……
お母様の命令で今から私を磨き上げるのね……逃げられないことは分かっているの。
それに、自分の卒業パーティーなんだから逃げるつもりもない。
でもね……手加減はしてね？
…………疲れた。
本当に疲れた……疲れすぎて眠たくなってきた。
少しだけ寝てもいいかな？
「ヴィー、支度は出来たかな？」
部屋に入ってきたのはリアム兄様。
騎士団の制服もいいけど、正装のリアム兄様も素敵すぎる！
一気に目が覚めたわ！

「いつも可愛いヴィーだけど、ドレスアップしたヴィーは一段と綺麗だね」

それはリアム兄様の方だわ！

実兄じゃなきゃ惚れるわ！

「その青いドレスに金糸と銀糸の刺繍が素敵だね」

「ありがとうございますリアム兄様。私も気に入っているの。お母様がこの日の為に作って下さったの」

「さすが母上だ。ヴィーによく似合っているよ。さあ、そろそろ行こうか」

リアム兄様の腕に手を添えてパーティー会場である学院に向かった。

リアム兄様にエスコートされて会場に入るなり、みんなの視線が集まった。

だってリアム兄様は素敵だからね！

参加している二年生と一年生は、リアム兄様を知らない人も多い。

一度リアム兄様に教室まで送ってもらった時に、騒ぎになってから登校時には馬車の中から見送ってもらうようにしたんだけどね……カトリーナの待ち伏せ時にも一度顔を出しちゃって、婚約の申し出がエラいことになってしまったそうだ。

そりゃあね、次期侯爵家当主だし？　見目も最高峰だし？　性格も穏やかで欠点らしい欠点がないリアム兄様だからね、仕方がないとは思うのよ？

怖っ！　ジリジリと令嬢たちが近寄ってきている。

「人集《ひとだか》りが出来ていると思ったら、ヴィーとリアム殿でしたか」

振り向くとチェルシーと明日その旦那様になるラシード様。

その後ろから、ジュリアたちも婚約者を連れて集まってきた。

「ラシード殿、チェルシー嬢、いよいよ明日結婚式ですね。おめでとうございます」

「ありがとうございます」

私たちの中で一番年上なのに、控えめで腰が低いよね。

なのにチェルシーは……

「ありがとうございます！　明日の夜の体力温存のために私たちは早々に引き上げますので、ご理解下さい」

「そこは結婚式の為じゃないの？」

チェルシーの隣でラシード様が真っ赤になっているからやめなさい！

「私は別に結婚式も必要なかったんだ。ラシードがどうしても結婚式を挙げたいと言うからするだけだ」

そ、そうなんだ……

「結婚式がなければ、今日の日付が変わった時点で押し倒している」

チェルシー嬢？　それぐらいで止めてあげて？

ラシード様はさっきよりも赤くなって頭から湯気が出そうになっている……

「ラシード様、こんな子ですけど末永くよろしくお願い致します」

チェルシーの言動にヤレヤレと困った顔をしていたジュリアたちも一緒に頭を下げる。

そんな彼女たちも婚約者様と仲が良さそうだ。

私たちが談笑をしていると、学院長のパーティー開始の挨拶が始まった。

去年の卒業パーティーを思い出す。

カトリーナも十三歳になった。

ベニー副隊長は、人が変わったように女性からのお誘いはすべて断るようになったとか……

十七歳のカトリーナに一目惚れしたらしいベニー副隊長は、十二歳のカトリーナにも惹かれたようだ。

一回り以上年の差があるにも関わらず、カトリーナには頭が上がらないようだと、リアム兄様がこっそり教えてくれた。

「ヴィー、パーティーの始まりだよ。踊ろうか？」

リアム兄様が差し出してくれた手に手を添えてホールの中央に歩いて行く。

チェルシーたちも同じように婚約者様と音楽に合わせて踊りだす。

チェルシーを筆頭に次々と友達が結婚していくのが嬉しいのに、少し羨ましいような、寂しいような、今日を最後に会うことも少なくなると思うと、やっぱり寂しい……

ああ、明日はチェルシーの結婚式に参加するから会えるか。

「ヴィーはダンスも上手くなったね」

「ふふっいつもリアム兄様に相手をしてもらっていますから」

曲が終盤に入ると、令嬢たちが近づいて来るのは気の所為ではなく、曲が終わると同時にリアム兄様をダンスに誘うつもりなのね。

その中には普段大人しい子もいるし、少し離れたところでリアム兄様をウットリ見ているだけの子もいる。

「リアム兄様。卒業の記念に彼女たちとも踊ってあげて下さいな」

「う～ん、ヴィーが言うならそうしようかな？　でも、ヴィーは誘われても会場から出たらダメだよ？」

その言葉に笑顔で頷いたところで曲が終わった。

同時に令嬢たちに押し出される様にしてリアム兄様から離れてしまった。

呆然とする間もなく、私もダンスを誘ってくれる男性に囲まれてしまった！

これは困る！　誰を選んでいいのか分からないし、見たことの無い男性までいる！

今までクラスメイトの令息とは話すこともあったけれど、みんな距離をちゃんと取ってくれていたのに、グイグイくる知らない男性ははっきり言って怖い。

「ヴィクトリア嬢。僕と踊ってくれるかい？」

……ドルチアーノ殿下。

「はい」

久しぶりに聞いた殿下の声に安心してしまう。

「困っていたようだね」

「はい、助かりました」

小声で話しながら、みんなの踊っているホールの中央よりも端で曲にあわせて踊りだす。

ルイス兄様の結婚式で会った時よりも、ガッチリしたような気がする。

そういえば家族以外と踊るのは初めてだ。

「ドルチアーノ殿下。今日は誰をエスコートされて来たのですか？」

「……」

「どうされました？」

返事をしないドルチアーノ殿下を見上げると、耳には以前交換した私のピアスが付いている。

「一人で……学院長に無理を言って会場に入らせてもらったんだ」

私から目を逸らしてボソリとそう呟いた。

彼が無闇矢鱈と権力を使うような人ではないと知っている。

何か理由があったのでは？

ドルチアーノ殿下が逸らしていた目を真っ直ぐに私に向けてきたかと思えば……

「……ヴィクトリア嬢と、君と会いたかったんだ」

と言った。

もう気付かないフリは無理ね。

何時からかは分からないけれど、何となくそんな気はしていたんだよね。

だからと言って彼は、私とは適切な距離を取り、気軽に触れてくることは無かった。

触れたのは……足を捻挫した時。

あの時、彼は私を庇って怪我をした。

自分は頭から血が流れていたのに、『男だから顔に傷があってもいい』と私を優先してくれた。

頭から水を被りガタガタ震える私を温めてくれた。

その次は、ちょうど一年前の卒業パーティーの日。

何度目かの、過去の態度を謝罪された時。

おやすみのキスを額にされた時だけ。

昔のあの場面での彼の態度の理由も今は知っている。

それに、本来の彼が優しい人だということも知っている。

交換したあの日から、ずっと私のピアスを付けていることも噂で聞いて知っている。

まだ目を逸らさず私の言葉を待っている彼に……

リアム兄様には会場から出るのはダメだと言われていたけれど……そっとリアム兄様の方を窺うと微笑んで頷いてくれた。

「……少しお話しますか？」

「っ、ありがとう!!」

話すって言っただけなのに目元を少しだけ赤く染めて嬉しそうな顔をされるとね……

私も……ちょっとだけ照れくさくなってしまった。

一曲を踊り終え、ドルチアーノ殿下にエスコートされながらライトアップされた庭園に出てきた。

会場を出るまでたくさんの視線を感じたけれど、それは仕方がない。

ドルチアーノ殿下が公の場で女性をエスコートしたことがないのは、貴族なら皆が知っているからだ。

それにしても何処まで歩くのかな？

それも無言だし……

連れて行かれたのは噴水広場だった。

去年の卒業パーティーの時もここで話したな。

ライトアップの加減か去年よりも幻想的に見える気がする。

「本当は僕にこんなことを言う資格が無いのは分かっているんだ」

ずっと無言だったドルチアーノ殿下が突然立ち止まったと思ったら、資格うんぬん言い出した。

「資格？」

「そう……僕は自ら資格を失ってしまったんだ」

？？？

「ずっと後悔していたよ。何度謝っても、ヴィクトリア嬢が許すと言ってくれても、僕はずっと、ずっと後悔し続けるんだろうってね」

律儀だよね。

私が許すと言ったんだから、もう気にしなくていいのに……

「だけど……それでも、今気持ちを伝えなかったら一生後悔すると思ったんだ……」

そんなに思い詰めなくても……

「……僕は君が好きだよ」

泣きそうな顔で目を逸らさずに伝えてくれた言葉は、私の胸にすとんと落ちてきた。

「困らせてごめんね。でも僕はヴィクトリア嬢が好きなんだ」

「私は……」

「返事は聞かなくても分かっているから必要ないよ」

話は最後まで聞け‼

「私は浮気は嫌いです」

「……うん知っている」

「疑わなければならない様な行動をされるのも嫌いです」

「うん」

「他の方に余所見《よそみ》するのも許しません」

「うん」

「私はヤキモチ焼きなんです」

「うん……？」

まだ分からない？

「だから……絶対に裏切らないと約束してくれますか？」

ふふっ私の言葉の意味が理解出来た？

「それって……」

ダメ押しもしとくか。

「約束出来ますか？」

「は、はい！　約束します！」

「では！　お付き合いしましょう？」

あ〜。涙目になってるよ？

「僕の婚約者になってくれるの？」

まあ普通は貴族なら婚約からだと思うよね。

とくにドルチアーノ殿下は王族だもんね。

「いえ？　恋人からですよ？　それが嫌なら……」

「いい！　恋人からでいい！」

「では、これからもよろしくお願いしますね」

「うん……うん……よろしくお願い……します」

そんなに何度も頷かなくても……

あ〜あ、やっぱり泣いちゃった。

ずっと涙目だったもんね。

もう仕方がないな〜。

ハンカチを出してドルチアーノ殿下の涙を拭いてあげる。

意外と手のかかる男かもしれない。

でも、そんな彼を可愛いと思ってしまう私も、たいがい絆《ほだ》されてしまったのだろうね。

……ん？

……んん？

これは、私の悲願が達成されたのでは？

『泣かす！　絶対にいつかお前を泣かす！　覚えていろよ！』

想像していた仕返しとはまったく違うけれども、泣かせることは出来たよね？

まあもういっか～。

ポロポロと綺麗な涙を流す殿下が見られたのだから。

「僕は絶対に浮気はしないから！」

「はい」

「絶対に余所見《よそみ》もしないから！」

「お願いしますね」

「だから！　僕も……ヴィーと呼んでもいい？」

「いいですよ」

「僕のことはドルと呼んで欲しい。ダメかな？」

「はいはい、分かったからドルは泣き止んでね」

泣きながら宣言と要望も言えるって器用だな！

「うん、ヴィー本当にありがとう！」

カトリーナが誰のことを言っていたのか分かっちゃった。

ドルが泣き止んで、ついでに疑問に思っていたことを聞いた。

身体付きが変わっていた理由は……

リアム兄様に弱いからと鍛えられたからだそうだ。

リアム兄様……

まあ、あれから色々あった。

卒業パーティーの会場に二人で戻ると、私たちの様子にニヤニヤするジュリアにアリスにマーリン。

それと、号泣するチェルシー……

後で聞いたが、リアム兄様の地獄のようなシゴキに音を上げずに必死に食らいつくドルチアーノ殿下を、密かに応援していたとか。

(チェルシーはドルチアーノ殿下の気持ちに気づいていたらしい)

「殿下、次はないですからね？」

と、リアム兄様の言葉に顔を青くしたドルが何度も頷いたり。

我が家に送ってもらったついでに挨拶をして行くと言うドルが、お父様を泣かせたり(まだ先のことは分からないのに……)。

ルイス兄様は納得のいかない顔をしてドルを睨んでいたけれど、そこはスカーレットお義姉様が宥めてくれたり（ルイス兄様！　ドルは一応王子だからね！）。

お母様は相手が誰だろうが娘を幸せにしてくれる人ならいいと。

ただ、家族が共通してドルに言ったのは、脅しも入っていたようだが……

「ヴィーを裏切ったら問答無用で終了」だった。

ドルは忙しい仕事の合間に、時間さえ出来れば我が家を訪問してくる。

初めて手を繋いだ時も涙目……理由は嬉しすぎてだった。

夜会に出席する時にドルの用意してくれたドレスを身に纏った私を見て涙目……この時は感動してだった。

これはドルの贈り物を身につける度になんだけどね。

元々優秀なドルだから、外ではしっかり王子をしている。

だから、誰もすぐに涙目になる男などと思いもしないだろう。

ドルは見た目も良いし、王家とお近付きになりたいからか、王子妃の立場を狙っているからか、擦り寄ってくる令嬢が後を絶たなかったけれど、ちゃんと断るしどんなに綺麗な人にも、可愛い人にも見向きもしない。

そんなドルはいつも私に気持ちを伝えてくれる。

それは安心も出来るし、正直何度聞いても嬉しい。

ただね、毎回自分の言葉で赤面するのはやめてくれ！

こんなに初心だとは知らなかった。

私の前ではすぐに涙目になるヘタレ王子。

「言葉って大事だよ。使い方一つで人を傷つけることも出来るし、幸せにも出来る。……だから僕はヴィーに気持ちを偽らず伝え続けるよ。僕は二度とヴィーを傷つけない。僕がヴィーを幸せにしたい。いや、必ず幸せにする。……ヴィーだけを愛しているんだ。僕のお嫁さんになって下さい」

本当に愛しい人。

付き合って一年。

ドルの優秀なところも、誠実なところも、優しいところも知っている。

ドルの優しい口調が好き。

今だに額へのキスしか出来ないヘタレなところも好き。

泣き虫なところも好き。

一番はドルの笑顔が好き。

「私もドルを愛しているわ」

ああ、また目に涙が浮かんできたわよ。

「二人で一緒に幸せになりましょう?」

「ヴィー！　ありがとう!!」

ギュッと抱きしめて……額にキス。

おい！　ここは唇にキスするところだろ！

まあいっか……

いつもの様にポケットからハンカチを出さないと。

ドルの涙を拭くのも私だけの特権だもんね！

このウブな彼は結婚式までキスをしてこないのでは……

いやいや、まさかね？

ドルチアーノ殿下視点

君は信じないだろうけれど、僕はこんなに泣き虫じゃなかったんだよ。

人前で泣くなど王族としても、成人した男としても、みっともないのは分かっているんだ。

ただ、幸せを感じると涙が自然と出てくるんだ。君といる時だけだから許して欲しいんだ。

いつも困った顔で優しく僕の涙を拭いてくれる君の手も好きだよ。あの卒業パーティーの日に気持ちを伝えて本当によかった。言わないままだったら、この幸せを知ることもなかったんだね。

それどころか、人気のあった君は誰かのものになっていたかも知れない。そんなことになっていたら、後悔してもしきれなかったはずだ。あの日、気持ちを伝えた僕を褒めてあげたい。

君に会えない日は寂しい。君に会えた日は嬉しくて舞い上がってしまう。僕は君に会う度に額にキスをする。お返しに君から頬にキスを贈られる。これだけで心が満たされるんだよ。

でも、僕だって男だからね。

手を繋ぐだけでも幸せだけど、もっと君に触れたくなるんだよ。捻挫した時に抱き上げた君は、折れるかと思うほど細くて軽かった。それに、柔らかくていい匂いがした。

もっと君の傍にいたい。もっと君に触れたい。もっと、もっと君の笑顔が見たい。大切にすると約束する。必ず幸せにする。だから、僕のお嫁さんになって。

エピローグ

あ〜あ、みんなに泣き虫だってバレちゃったよ……

今日は私とドルの結婚式。二十一歳の私と、二十二歳のドル。

お父様とバージンロードを歩いて行く。

周りを見渡すと、沢山の人の中にお腹が大きくなったチェルシーや、少し前に結婚したジュリアたちの笑顔が見える。

バージンロードを挟んで王族の皆さま。反対側の席には私の家族。その先にはすでに涙目のドル。

厳かに始まった式。

誓いの言葉を述べた時までは何とか我慢が出来たようなんだよね。

でも……お互い初めてのキスをした途端だった。

うん、前世でいうロボットのようなカクカクした動きで触れるだけの軽いキス。

ドルが泣く時は幸せを感じた時だと前に教えてくれた。

今回の涙は……うん、滝のような涙だから凄く幸せなんだね。私もだよ。

こんな時の為に、ウエディングドレスに特別に追加で作ってもらったポケットからハンカチを出して、いつもの様に涙を拭いてあげる。

「幸せだね。今よりもっと一緒に幸せになろうね」

と、ドルにだけ聞こえる声で告げると「必ず幸せにするから、絶対に幸せにするから」と泣きながら大きな声で言うものだから、私は正直恥ずかしかったんだからね！

最初はドルの突然の号泣に、周りも驚いていたようだけれど、ドルのその言葉に微笑ましい眼差しを向けてくれる人、一緒に涙ぐむ人、……呆れた顔をしているのはアンドリュー王太子殿下に、ルイス兄様、リアム兄様ね。

その後のお披露目パーティーでは揶揄《からか》われたり（主に身内だね）したけれど、皆さまに祝福された。

ドルはこの結婚を機に侯爵位を賜る。

私は今日からヴィクトリア・ランサート侯爵夫人になった。

そして初夜。

私は侍女たちに全身を磨き上げられ、薄いナイトドレスを着せられた。

夫婦の寝室となるドアの前で立ち止まってしまう。

内装は一緒に考えたから、寝室の雰囲気も想像がついている。

今日初めてキスをしたばかりなのに、今から……

不安は無い。

反対に私の方がドキドキと期待している気がする。

きっとドルは優しく抱いてくれる。はず。

覚悟を決めてドアをノックする。

中からドルの「ど、どうぞ」と、緊張した声が聞こえた。

そっと顔を覗かせると、やっぱりガチガチに緊張しているドルが立っていた。

「ドルお待たせ」

ワザと軽く言葉をかけて部屋に入る。

ああ、真っ赤な顔でもうすでに涙目になっている。

でも、しっかり薄いナイトドレス姿の私を凝視して目を離さないのね。

なんでもスマートにこなせる優秀なドルが、私の前でだけ可愛らしい姿を見せる。

「……ヴィー綺麗だ。とても綺麗だ」

一歩、また一歩と私に近づいてくる。

「ヴィーのウエディングドレス姿も誰にも見せたくないほど綺麗だったけれど、その姿は……僕だけにしか見せたらダメだよ」

「当たり前でしょう？　私はドルのお嫁さんになったんだよ？……ドル、愛しているわ」

突然ガバッと抱きしめられたと思ったら、お姫様抱っこされてベッドに優しく降ろされた。

上から覆いかぶさり真っ直ぐ私を見下ろして、愛してると口付けられる。

初めは慣れない口付けを……それが繰り返され徐々に深く、深くなっていく。

どういう作りなのかナイトドレスはリボンを引っ張るだけで全身が露になる。

ドルの目が私の身体に釘付けになり、綺麗だ……と何度も告げながら首から下に愛撫していく。

破瓜の痛みに涙が浮かぶ……

でも、私が泣く前に上にいるドルから涙が落ちてきた……

うん。幸せなんだね……ドル。

私も幸せだよ。私の胸でポロポロ泣くドル……

男女の立場が反対だよ！　とツッコミたいが、こんなドルも愛おしい。

その後落ち着いたドルに「もう一回いい？」とお願いされ……いったい何回もう一回があるんだ！　と思いながらも許してしまう。

回数を重ねる度に激しくなっていくドルに翻弄され続け、目覚めれば真昼間だった……

隣にいるドルはすやすやと気持ち良さそうに寝ている。

どちらかというと凛々しい端整な顔のドル。

私の視線に気付いたのか、目を覚ましたドルの目がみるみるうちに潤んでくる。

おい！　だから！　それは！　私の役目だろ！

「ドルおはよう」

「これから毎日朝起きて、一番にヴィーに会えるなんて幸せだ」

もう、仕方ないな……こんな泣き虫なドルを愛してしまったのだから。

そっとドルの涙を唇で拭う。

うん、失敗したね……ドルの中でなぜか開始のゴングが鳴ってしまったようだ。

結婚して四年。私も二十五歳になった。

去年、カトリーナが言っていた通り疫病が流行った。

でも、カトリーナが作った薬が国民を助けた。

もちろん、トライガス王国が我が国に攻めてくることもなかったし、ダイアモア王国とも友好的な関係を築けている。

そして、ドルは相変わらず泣き虫だ。私が第一子を妊娠したことを告げた時も泣いた。ヴィンセントを出産した時は、今までで一番泣いていた。

ヴィンセントが寝返りをうった時も、歩き出した時も……

初めてヴィンセントが「ばーば」と呼んだ時の顔は忘れられない。

そして、第二子の妊娠を告げた時はヴィンセントを抱きしめておいおいと泣いた。

そんなドルは仕事が終わると真っ直ぐに帰ってきてまず私にキス。

「ヴィー体調はどうだい？　無理はしていない？」

必ず最初に私に声をかけてくれる。

「ヴィンはいい子にしていたかい？」

それからヴィンセントを抱き上げてキスをしてから声をかける。

キスの順番で息子にヤキモチ焼いたりしないのにね。

幸せだ〜。

前世も合わせて今が一番幸せ。

ありがとうドル。あの時、私を諦めないでいてくれてありがとう。

気持ちは素直に伝える。これは我が家の教訓。

「ドル、私を好きになってくれてありがとう。私を愛してくれてありがとう。私を幸せにしてくれてありがとう。愛しているわ」

ああ、また泣く~。でも、この光景がずっと、ずっと続いていけばいい。

あの最低だと思っていた彼が、今は泣き虫で最高の旦那様になってくれた。

この作品に対する皆様のご意見・ご感想をお待ちしております。

おハガキ・お手紙は以下の宛先にお送りください。

【宛先】

〒150-6019 東京都渋谷区恵比寿 4-20-3 恵比寿ｶﾞｰﾃﾞﾝﾌﾟﾚｲｽﾀﾜｰ 19F
（株）アルファポリス　書籍感想係

メールフォームでのご意見・ご感想は右のＱＲコードから、
あるいは以下のワードで検索をかけてください。

アルファポリス　書籍の感想　検索

ご感想はこちらから

本書は、「アルファポリス」（https://www.alphapolis.co.jp/）に掲載されていたものを、
改稿のうえ、書籍化したものです。

後悔《こうかい》していると言《い》われても……ねえ？　今《いま》さらですよ？

kana（かな）

2025年 2月 5日初版発行

編集－飯野ひなた・ミケハラ編集室
編集長－倉持真理
発行者－梶本雄介
発行所－株式会社アルファポリス
〒150-6019 東京都渋谷区恵比寿4-20-3 恵比寿ｶﾞｰﾃﾞﾝﾌﾟﾚｲｽﾀﾜｰ19F
TEL 03-6277-1601（営業）　03-6277-1602（編集）
URL https://www.alphapolis.co.jp/
発売元－株式会社星雲社（共同出版社・流通責任出版社）
〒112-0005 東京都文京区水道1-3-30
TEL 03-3868-3275
装丁・本文イラスト－緋いろ
装丁デザイン－AFTERGLOW
（レーベルフォーマットデザイン—ansyyqdesign）
印刷－中央精版印刷株式会社

価格はカバーに表示されてあります。

落丁乱丁の場合はアルファポリスまでご連絡ください。

送料は小社負担でお取り替えします。


ISBN978-4-434-33357-6 C0093